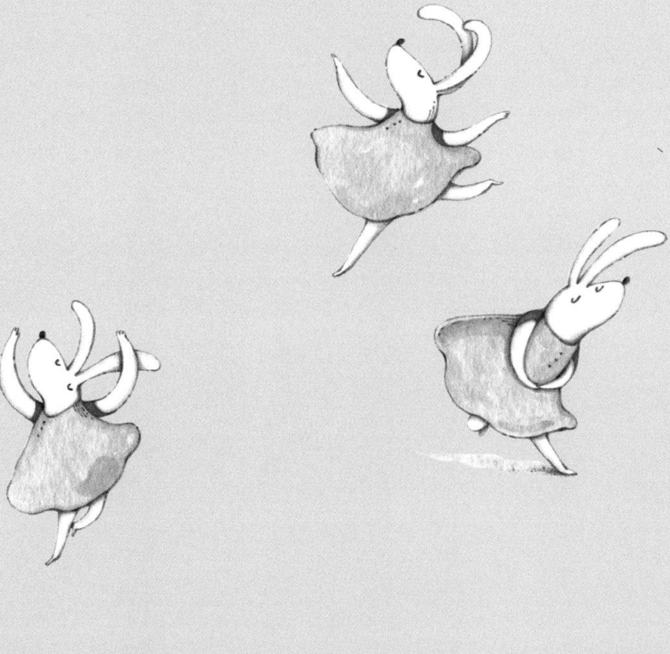

超馬童話大冒險 7
我愛你

王文華／王淑芬／亞平／劉思源／林世仁／王家珍／賴曉珍／顏志豪●著
尤淑瑜　等●繪

推薦序

八仙過海，各顯神通

林文寶　臺東大學榮譽教授

週末夜晚，我習慣在家觀賞歌唱節目，電視臺重金禮聘兩岸三地當紅歌手，為他們舉辦歌唱比賽。各自在市場上擁有千萬粉絲的明星們，被摘下光環，轉變成選手身分，必須在殘酷的戰場上相互較量。每個人各憑本事與實力，必須擄獲觀眾芳心，才能得到選票生存下來，否則將被無情淘汰，最後誰能存活就是冠軍。這儼然是歌唱版的生存遊戲，原本打算讓歌聲洗滌腦袋、徹底放鬆，卻意外跟著賽況起伏緊張。

如此巧合，字畝文化出版社來信詢問是否能為新書寫序，發現他們竟然是找來八位成名童話作家，依照同樣命題創作童話，完成的八篇作品，將被放在同一本書裡，

任由讀者品評，多麼有挑戰性！但也多麼有趣啊！這跟我所看的歌唱節目根本沒有兩樣，但似乎更有看頭！仔細閱讀整個系列企畫，才知道這是一個超級馬拉松的概念，意思是指這一群童話作家，歷時兩年，共同創作八個主題的童話，最後完成八本書，換言之，這場戰爭總共會有八回合，而這本書是第七回合，選題：「我愛你」。

果不其然，高手過招，精采絕倫，每位作家根本沒在客氣，毫無保留展現自己的堅強實力，表面客氣平和，但從作品水準可見，每一篇作品都拿出大絕招，無所保留，讀著讀著，連我這個老人家都沸騰起來。

八仙過海，各顯神通。八位作家，八種風景，八種路數，八種風格，真的讓我驚艷與驚喜。這場超級馬拉松，逼迫選手不得不端出最強武器，展現最厲害的招式。閱讀過程中，我或許真的可以理解，為什麼他們是這片武林中的高手？因為從他們的作品中，可以感受到他們稱霸武林的銳氣與才氣，他們獨一無二，他們無法取代，我想這或許也是他們成名的原因吧。

光有好選手是不夠的，字畝文化幫選手們打造了一個非常別緻的舞臺。書的設計相當有趣活潑，正文前面有作者的「冒險真心話」，每一位作家就是一位選手，一棒一個故事，一棒接過一棒，當最後一棒衝過終點線時，這一回合的比賽主題「吸引——我愛你」也在讀者的面前，淋漓盡致的詮釋與表現。這個企畫也讓我們感受到，後現代多元共生，眾聲喧嘩的最佳示範。

外行看熱鬧，內行看門道，這八篇故事都是傑作，各有巧妙，各自精采，我相信對於想創作童話的大朋友，或者想要如何寫好作文的小朋友，都有絕對助益。

不知劇情的演進會如何？請拭目期待！

出版者的話

一次品嘗八種口味的美妙童話

馮季眉　字畝文化社長

一個初夏午後，八位童話作家和兩名編輯，在臺北青田街一家茶館聚會。散居臺東、南投、臺中等地的作家迢迢而來，當然不是純為喝茶，其實大夥是來參加「誓師大會」的，因為，一場童話作家的超級馬拉松即將起跑。

這場超馬，源於一個我覺得值得嘗試的點子：邀集幾位童話名家，共同進行一場馬拉松長跑式的童話創作，以兩年時間，每人每季一篇，累積質量俱佳的作品，成就精采的合集。每集由童話作家腦力激盪，共同設定主題後，各自自由發揮。

稿約滿滿的作家們，其實一開始都顯得猶豫：要長跑兩年？但是又經不起「好像很好玩」的誘惑，更何況一起長跑的，都是彼此私交甚篤的好友，童心未泯的作家們也就迷迷糊糊同意了。畢竟，這一次，寫童話不是作者自己一人孤獨的進行，而是與當今最厲害的童話腦，一起腦力激盪，玩一場童話大冒險的遊戲，錯過豈不可惜？「誓師」當天，大夥把盞言歡，幾杯茶湯下肚，八場童話馬拉松的主題也在談笑中設計完成。

對作家而言，這是一次難忘的經驗與挑戰；對出版者而言，同樣是場大冒險。因為出版計畫的戰線拉得很長，而且出版方式也是前所未見：這系列童話，有如MOOK（雜誌書，性質介於雜誌Magazine與書籍Book之間），每期一個主題，每季出版一本，共八本。自二〇一九年至二〇二〇年，每季推出一集。

《超馬童話大冒險》系列八個主題，其實正是兒童成長過程中，必會經歷的人生習題，每一道習題，都讓孩子不知不覺中獲得身心發展與成長。小讀者細細品味這些故事的時候，可以伴隨書中角色一起探索、體驗，經歷快樂與煩惱，享受閱讀樂趣，並能體會某些事理，獲得成長。

各集主題以及核心元素如下：

第一集的主題是「開始」，故事的核心元素是「第一次」。

第二集的主題是「合作」，故事的核心元素是「在一起」。

第三集的主題是「對立」，故事的核心元素是「不同國」。

第四集的主題是「分享」，故事的核心元素是「分給你」。

第五集的主題是「從屬」，故事的核心元素是「比大小」。

第六集的主題是「陌生」，故事的核心元素是「你是誰」。

第七集的主題是「吸引」，故事的核心元素是「我愛你」。

第八集的主題是「結束」，故事的核心元素是「說再見」。

兩年八場的童話超馬開跑了！這些童話絕對美味可口、不八股說教。至於最後編織出怎樣的故事，且看童話作家各顯神通！

來吧，翻開這本書，進入超馬現場，一次品嘗八種口味的美妙童話！

聽聽悄悄話

英雄聯跑的大冒險真心話

賴曉珍

很榮幸參加字畝這次的「童話超馬大冒險」企畫案，也很高興能與多位童友合作。記得討論會那天，我從童友們的思考方式和提議學到很多，瞭解原來別人是這樣構思靈感與創作的，令我大感佩服。這也是我的「第一次」經驗，未來，我會創作一系列「黑貓布利與酪梨小姐」的故事，藉著他們的經歷與互動，告訴大小讀者何謂「情緒」。

林世仁

難得跟這麼多童友「英雄聯盟」，我很想跟大家一塊合力，激起一次童話界的八級地震或八次驚艷（希望不是八次哈欠啦）。

可惜我寫出來的作品似乎不夠酷炫，沒達到「動作片」的強度。還好，其他七位童友寫得都很好玩、很好看。那麼，我的童話就請大家放慢腳步，輕鬆欣賞——因為「天天貓」是從我的童年遙遙遠遠回盪過來的。它不像我的其他童話，卻觸動了我的心弦。

王家珍

超馬童話從二〇一九年三月「開始」出版，「第一次」參加童話馬拉松，八個人聚「在一起」，分工「合作」以八個主題當作核心元素創作八個故事，出版八本書。在想像的世界裡，我們雖然「不同國」，卻沒有「對立」的煙硝味，迫不及待想與大家「分享」這些有趣的故事。

隨著年齡增長，體型「大小」、「從屬」關係都會改變，唯一不變的是愛與牽掛。我們用「你是誰」當作友誼的敲門磚，從「陌生」到深受「吸引」，最後說出「我愛你」，並肩展開改變生命之旅。天下無不散的筵席，旅程「結束」時，一定要好好「說再見」，謝謝一路相陪。

亞　平

創作童話，對我而言是件很孤獨的工作。自己一個人對著電腦發呆，或是長吁短嘆，或是滿心喜悅，或是奮力捶鍵，無論如何，都是一個人。

童話馬拉松的創作行伍，讓我感到：太棒了，吾道不孤！知道我在寫這篇童話時，也有幾個同伴一起孜孜矻矻，絞盡腦汁——這時，孤獨感會降低，革命情懷不自覺出現，當然，競爭感也來了：這個主題他們會怎麼寫？該不會我的作品最沒創意吧？寫童話真是一件有趣的事啊！

顏志豪

某天，飛鴿捎來一封信，「敝社將舉辦一場別開生面的童話擂臺賽，不知有無興趣？」

「擂臺賽？」

繼續往下讀，「我們邀請各路好手，個個武功高強，準備決一死戰，看誰能獨霸武林。」此時，眼前刀光劍影，干戈鏗鏘，內心翻騰澎湃。

戰前會當日，我已經備妥關刀，雄赳赳，氣昂昂，氣勢絕對不能輸人！這將是一場你死我活的戰爭，拼了！

王文華

當我獲邀參與這個計畫時，滿腦子想的都是，怎麼辦，怎麼辦，其他七個作家個個都很會寫故事，這下子……

「你先敷面膜。」我媽媽大概以為我是要去走秀。

「我是要寫故事。」

「那一樣不要比輸，我看，我去幫你買人參，燉隻雞，吃完你再寫？」

「如果來隻人參豬更好。」我腦海裡叮咚一聲，突然有個想法了……如果有隻小豬愛吃人參？或是人參愛上了小豬，用這題目來寫，其他人一定想不到？或是一群來自火星的動物，他們全都失業，需要找個新工作……

王淑芬

八位寫童話的作家，針對一個主題，各自寫故事。這件事情是好玩，還是好可怕呢？

可能很好玩，因為可以一次看到八種表演。例如，如果題目是「合作」，應該有人會寫成「合作才會成功」，但也有人會故意寫成「合作一定失敗」；作家就是喜歡讓人意想不到。

也可能好可怕。因為，萬一有兩個人竟然寫出幾乎相同的故事，表示作家之間也有心電感應，可怕！或是，萬一有作家讀完別人的作品後，發現自己寫的不夠好，於是一直哭一直哭，把長城都哭倒了，好可怕！

我接到這個任務時，花了五秒鐘，便決定要以「世界名著」來當題目。很多作家玩過「顛覆經典」的寫法，比如，把《三隻小豬》改成《三隻小狼和大壞豬》。我的寫法並不是這樣，而是「只有借用世界名著的書名」，故事內容反而與原著無關。我借用《老人與海》，寫成〈老人與海與貓〉；借用《紅樓夢》，寫成〈紅樓夢見白樓〉。

親愛的讀者，你要不要也找本世界名著，想想能把它改成什麼？

劉思源

「一加一等於二」是不變的數學公式，但創意的公式卻充滿變化，當八位童話作家一起奔馳想像大道，彼此碰撞，互相激發，勢將引爆無限的創意，而且從各種角度撞擊讀者，迸出燦爛火花。有幸參與這場狠有趣、狠挑戰、狠創意的童話接力賽，既緊張又痛快的和童友們盡情玩耍一場。

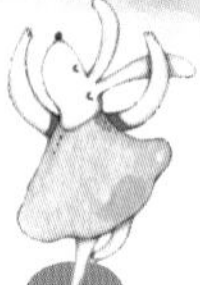

目錄

推薦序 002 八仙過海，各顯神通 文／林文寶

出版者的話 005 一次品嘗八種口味的美妙童話 文／馮季眉

聽聽悄悄話 008 英雄聯跑的大冒險真心話

王文華 014 火星來的動物園：麋鹿奶奶迷路了 繪圖／楊念蓁

王淑芬 036 一顆憤怒的葡萄 繪圖／蔡豫寧

亞平 056 最漂亮的鼴鼠小姐 繪圖／李憶婷

劉思源 082 小死神追愛日記 繪圖／尤淑瑜

林世仁 104 天天貓：搬家的字條 繪圖／李憶婷

王家珍 126 當龍嘎嘎碰上貓頭鷹嗚啦啦 繪圖／陳昕

賴曉珍 148 黑貓布利：害羞的青春痘與蕁麻疹 繪圖／陳銘

顏志豪 172 恐怖照片旅館：黑暗中跳舞的兔子小姐 繪圖／許臺育

火星來的動物園：麋鹿奶奶迷路了

王文華

繪圖／楊念蓁

秋風，吹過火星來的動物園，一片黃葉，飛過成排的汽車上頭。

這片葉子從沒想過，它竟然能飛得比車子快。真的，一輛、兩輛、三輛，這片不貪心的葉子飛過好長好長的車流，這才緩緩落在一頭豬的鼻子上。

啊，那是野豬警員。

野豬沒心情賞落葉，用力吹了一口氣，那片葉子被吹走了。

葉子繼續飛過汽車的旅行。

野豬警員嘆口氣，把三明治放進口袋，搖搖頭，「明明是晴空萬里的好天氣，為什麼會塞車？」

「原來是塞車？」那片葉子一聽臉紅了，墜落在十字路口一部車上頭。

奇怪的是，車子裡的駕駛不見了。

紅綠燈沒有壞掉，十字路口卻塞成停車場，一切只因為這輛車子停在路口，動也不動。

駕駛跑去哪兒了？車子兩邊的門開著，野豬警員前前後後找了一圈，卻找不

到駕駛，他雙手一攤，「難怪大塞車！」

野豬警員放下三明治，找袋鼠媽媽把那輛車拖走，指揮交通，終於，十字路口恢復通暢。

「做了這麼多事，累死我了。」

野豬警員回到警察局，正想把三明治放進嘴裡，野狼警察按著他，「這個案子比較急。」

「什麼事比得上餓肚子的急？」野豬警員放下三明治，發現警察局多了個穿著小紅點洋裝的麋鹿奶奶。

「能等一等嗎？」野豬警員說：「我得先吃早餐。」

「按時吃早餐，這是好習慣。」麋鹿奶奶笑得很和氣，旁邊的野狼警察搖著頭，「警察要服務百姓，你怎麼忍心吃早餐哪？」

「早餐沒吃我會慌，」野豬警員塞了滿嘴的三明治問：「里西恩西叨肖滑毛？」

他問的是：你有養小花貓嗎？

麋鹿奶奶也很懷疑：「我不知道我有沒有養小花貓。」

「里臉油美油小花貓都不知道？」講到最後幾個字，野豬警員

終於把三明治吞下肚了，「所以到底發生什麼事？」

野狼警察小聲的說：「她在路上迷路了，我把她帶回來的。」

「一隻迷路的麋鹿？」

野豬警員吃飽了，精神好了，「這好辦，你把家裡的地址告訴我，警民是一家，我立刻送你回去。」

野狼警察嘆口氣：「麋鹿奶奶如果知道地址，還需要來報案嗎？」

「那怎麼辦？」麋鹿奶奶和野豬同時問。

野狼警察收起尖牙，用最和善的口氣問：「麋鹿奶奶，你記得自己的名字嗎？」

「我是小花老師，笑起來像一朵花的小花老師。」

「老師，你是老師？」野狼提議：「是老師那好辦，我們去學校問問看。」

「好是好啦，」野豬警員很不好意思的說：「出發前，我們能

不能先去吃午餐？」

野豬警員的意見，被小花老師阻止了，「你剛吃完一個三明治，不能再吃東西。小朋友養成好習慣，才有好未來。」

「小朋友養成好習慣……，天哪！是小花老師。」

送貨經過警察局的花豹，開心的跑進來。

「她是你的老師？」野狼和野豬望著他。

「麋鹿奶奶是我幼兒園的老師，『小朋友養成好習慣，才有好未來』——小花老師最常講這句話。」花豹拉著麋鹿奶奶，「老師，好久不見。」

野狼一看，拍拍手，「既然找到學生，那就沒問題了，結案。」

花豹還沉浸在往日時光，摟著麋鹿奶奶，「小花老師對我最好了，我的考試考得一團糟，老師也沒生氣。我不愛讀書愛亂跑，一下了課，小花老師就帶我四處探險，老師的手好溫暖……」

「你到底是誰呀？」麋鹿奶奶看著他。

「小花豹哇，老師，我是小花豹，愛跑愛跳又愛亂叫的小花豹。」

「你長這麼大，還說自己叫做小花豹，真的很好笑。」笑容從

麋鹿奶奶臉上慢慢漾開，她笑起來，果然像一朵小花。

只是，麋鹿奶奶笑完了，皺著眉頭問：「我真的教過你？」

野狼警察想：她年輕時，一定是個很溫暖很溫暖的好老師。

野豬警員想：溫暖的老師卻迷路了，怎麼辦？

花豹握著拳，「老師雖然忘了我，但我絕不會忘了她。」

「麋鹿奶奶迷路了，她的家在哪裡，你知道嗎？」兩個警察問。

「唉呀，這我可不知道，不過，」

花豹向警察提議：「鱷魚開的牙醫診所

在前面，他應該知道老師家在哪裡。」
「每一根都健康牙醫診所」的招牌很長，因為上頭畫著長長的鱷魚嘴巴。

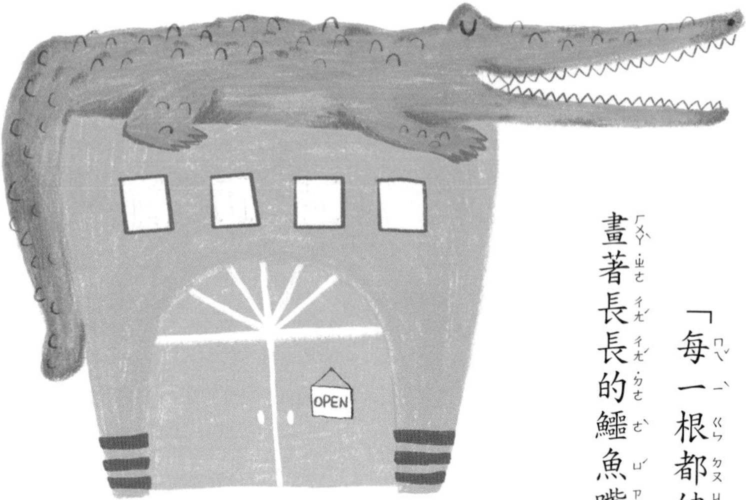

鱷魚露出滿嘴的大尖牙，「歡迎光臨！來『每一根都健康牙醫診所』，保證你每一根牙都……」

「鱷魚，你瞧瞧誰來了。」花豹向左一跨，露出後面的麋鹿奶奶。

「那是……」

「小朋友養成好習慣，才有好

未來。」花豹補了一句。

「小花老師！天哪，真的是小花老師。」鱷魚張著大嘴，朝著麋鹿奶奶飛奔而去，那景象實在太嚇人了，麋鹿奶奶嚇得躲到野狼後面。

「你……你別過來！」麋鹿奶奶難得大聲尖叫。

野狼和野豬急忙把鱷魚隔開，像門神一樣保護麋鹿奶奶。

「老師，我是鱷魚呀，小時候滿嘴爛牙，一天到晚哭哭

的鱷魚呀！」

麋鹿奶奶拼命搖著頭，「不認識，我不認識你。」

「以前我愛吃糖，你勸我別吃糖了，還教我怎樣把牙齒一顆一顆刷乾淨。」鱷魚說到這兒，露出滿嘴又白又尖的牙，「你看，我現在每一顆牙都好，還當牙醫了。」

「不認識，我不認識你。」

鱷魚衝到麋鹿奶奶面前，野狼想把他推開都來不及。

「這裡！」鱷魚把麋鹿奶奶右手袖子往上捲，露出手臂上淺淺的傷疤。

「這是什麼？」野豬警員問。

鱷魚很不好意思的說：「我小時候不愛刷牙，整天牙齒疼，小花老師想帶我去看牙醫時，我一不小心就把她……」

「咬下去？」大家很不可思議的望著他。

「鱷魚，你是鱷魚。」

麋鹿奶奶終於想起來了，「是你，是你，你是鱷魚，小時候牙齒疼，長大當牙醫。」

「還有我，老師，我

是花豹。」

「好孩子，好孩子，你們都沒有忘了老師。」

趁他們師生團圓，野豬警員問：「麋鹿奶奶，請問你想起自己的家在哪裡了嗎？」

一提到家，麋鹿奶奶卻猛搖著頭，「沒有家，沒有家。」

「你不是到警察局來報案，說你找不到家？」野豬警員說。

「那時我忘了嘛，現在我想起來，是我自己不要家了。」麋鹿奶奶說完，轉身就往外跑，別看她年紀大，跑起來還不慢。

她跑出牙醫診所，經過警察局，還穿過火星來的動物園。

後面緊緊跟著花豹和鱷魚，他們是學生，擔心老師。

再後面是野狼和野豬，他們是警察，有責任保護百姓。

剛跑出火星來的動物園，麋鹿爺爺滿頭大汗跑過來，他拉著小花老師，「找到你了，找到你了。」

「你是麋鹿奶奶的……」野豬和野狼問。

麋鹿爺爺點點頭，「我是她先生。」

「師丈！」花豹和鱷魚喊。

「我是你先生，最愛你的老麋鹿哇！」麋鹿爺爺望著麋鹿奶奶說。

「我知道，所以我才跑哇！」

原來，麋鹿奶奶年紀大了，常常忘了自己是誰、住在哪裡。

「剛剛坐在車上，我突然想起來我是誰了。」麋鹿奶奶說：「你的年紀也大了，天天這樣照顧我，實在太辛苦了，所以……」

麋鹿爺爺搔搔頭，「原來你是恢復

記憶，故意跑掉。」

「後來，又在城裡迷了路，才被野狼警察帶過來。」野豬警員開心的說：「好啦，麋鹿奶奶找到回家的路，結案。」

「不，我不要回家。」麋鹿奶奶說。

「什麼？」大家都嚇一跳。

「我不想讓你太辛苦，」麋鹿奶奶對著麋鹿爺爺說：「你現在身體也不好，照顧我太不方便了，你還是讓我住到動物園去吧，那裡動物多。」

麋鹿爺爺不答應。

花豹和鱷魚也不答應：「老師，有我們哥兒倆在呢。」

「我跑得快，您要什麼東西我幫忙。」花豹打包票。

「老師，我是醫生，以後我也幫師丈照顧您。」鱷魚也說：「而且我皮粗肉厚，您想咬我幾口，我都不怕的。」

「我才不咬鱷魚呢。」麋鹿奶奶笑了，看她笑了，大家都笑了。

笑聲中，麋鹿爺爺突然想到：「兩位警察，我還有一件事。」

「難道你也迷路了？」野豬和野狼互看了一眼，「連麋鹿奶奶都找到回家的路了。」

「麋鹿奶奶找到了，但是我的車子不見了。」

「車子？」野狼問。

「我開車開到一半，麋鹿奶奶跳下車，我去

追她，回來，車子就不見了。」

「車子開到一半，你去追麋鹿奶奶……」野豬突然想到：「在十字路口？」

麋鹿爺爺指著外面，「就在那條大馬路的十字路口，不知道哪個小偷……」

野豬苦笑著，「別找了，我知道麋鹿爺爺的車在哪裡。」

「你？」大家望著他。

「是我叫袋鼠拖吊車把那輛車拖走的。」

作者說 深藏在健忘中的驚喜和愛

接起電話，電話那頭的編輯很和氣：「王老師，我還沒收到稿子？」

「啊啊啊，稿子？其實……」其實我忘了個乾乾淨淨，但又不能讓編輯姊姊知道啊：「放心，我早就有想法了。」

「有想法，太好了！那寫好了嗎？」

「當然，當然。」當然沒寫啊。我匆匆打開電腦準備寫，結果……

健忘的我，驚喜的發現我早就把稿子寫好了；健忘的我，除了忘了交稿日，也忘了原來我把稿子寫好了啊！

超馬童話作家 王文華

臺中大甲人，目前是小學老師，童話作家，得過金鼎獎，寫過「可能小學任務」、「小狐仙的超級任務」，「十二生肖與節日」系列。

最快樂的事就是說故事逗樂一屋子的小孩。小時候住在海邊，長大了到山裡教書，目前有間小屋，屋子裡裝滿了書；有部小車，載過很多很多的孩子；有臺時常當機的筆電，在不當機的時候，希望能不斷的寫故事。

一顆憤怒的葡萄

王淑芬

繪圖／蔡豫寧

這是一座不太完美的葡萄園，原因是園子雖大，遠望像大海般遼闊，卻只見滿園綠葉飄搖，十多年來，長不出一串葡萄，不，連一顆也沒有。

葡萄園主人說：「沒關係，反正我不是特別愛吃葡萄。」

葡萄園主人養的狐狸說：「沒關係，反正葡萄一定是酸的。」

一主一狐便開心的回到屋子裡，吃起烤雞。主人還繼續對自己補充說明：「沒關係，反正看看綠葉，對眼睛好。」

狐狸也跟著補充：「誰說葡萄園一定要結葡萄？別人的意見僅供參考。」

誰知道，在一個大風大雨過後的日子，葡萄園裡第三排的某株

葡萄樹，居然結出了一顆葡萄，一顆圓滾滾的綠色果子。

這顆葡萄睜開眼，對自己說：「這是哪兒？一顆葡萄都沒有，奇醜無比。」

狐狸正在散步，聽到一個清脆的聲音，便往這個他覺得挺好聽的聲音走去。

葡萄見到狐狸，把剛才那句話再說了一遍。

狐狸笑了，回答：「你說一顆葡萄都沒有，但你就是一顆葡萄哇。」他還解釋：「沒

有葡萄的葡萄園才不會奇醜無比呢……」

葡萄生氣了，不說話。

狐狸揹著手，走過來又走過去。屋子裡傳來主人的呼喚：「小狐，來吃烤雞。」他也不理。

葡萄還在生氣，仍然不說話。

狐狸微笑著，說：「你別生氣了，我有時候說話不帶腦筋，忘了尊重對方。」

一陣微風吹過，葉子輕輕滑過葡萄，葡萄心情好像變得開朗一點點。她問狐狸：「我的皮膚，還算光滑吧？」

狐狸的臉有一點點紅，小聲回答：「皮膚的事，我不是專家。再說，別人的意見僅供參考。」

葡萄非常生氣，不，簡直是憤怒，她的臉漲得好紅好紅，紅到發紫了。

她大叫：「我問了簡單的問題，你就該簡單的回答。光滑？不

光滑？這是簡單的選擇題。」

說完，這顆憤怒的葡萄就緊閉著嘴，不再說話了。

狐狸只好悶悶不樂的走回屋子裡。但是他邊走邊回頭，看看葡萄，覺得她鼓著嘴，圓嘟嘟的樣子，有點可愛。狐狸於是笑了起來，對自己說：「可愛。」

主人兩手油滋滋的，正在撕開雞腿，他一面大啃大吃，一面招呼狐狸：「快快快，趁熱吃。」

狐狸卻不想吃，只搖搖頭，說：「看起來很油，手會髒。」

主人發表一個好消息：「小狐，今天隔壁葡萄園的林先生，送了我一瓶藥水。我們明天將藥水澆在土裡，便能長出一串串、數也數不清的葡萄。」

狐狸不怎麼起勁，只點點頭，「嗯。」

第二天，主人將藥水澆進土裡，眉開眼笑的，彷彿已見到滿園都是一串串、擠得密密麻麻的葡萄。

主人說：「小狐，改天葡萄成熟時，由你先品嘗，再告訴我酸不酸。」

狐狸一句話都沒說，他沒有把葡萄的位置告訴主人。狐狸雙手抱在胸前，像抱著一個甜甜的小祕密。

好不容易，主人結束工作，回屋子裡休息。狐狸立刻走去拜訪那顆葡萄，心想：「她還生氣嗎？不過，她憤怒的樣子，倒是挺可愛的。」狐狸又笑了。

葡萄一見到狐狸，不高興的開口：「我還以為你忘記我了。」又說：「只有我一個人，好無聊。」

「我唱首歌給你聽吧。」狐狸才說完，便吐吐舌頭，心裡想：「我哪來的勇氣呀？我根本不會唱歌！」但是，他覺得現在就該唱首歌。

葡萄發表意見：「我從前很愛唱歌，我會唱五首歌，不，六首。」

狐狸本想說，昨天以前，葡萄還沒長出來，哪來的「從前」呢？不過，他不想糾正葡萄。

狐狸唱起一首又一首的歌，葡萄很專心的聽著。

葡萄說：「你唱歌還算好聽。從前哪，我有個朋友，唱歌真難聽，唱起來像一隻小雞遇到狐狸。」

狐狸也不生氣，他想：「葡萄好會比喻。」

主人澆的藥水顯然效果很好，才幾天，一串串的葡萄便陸陸續續長出來。

「哇！小狐，你看看這些葡萄。」主人走在一排排葡萄樹中，東指西指，十分興奮；但是狐狸只是點點頭，他有點擔心，怕主人發現他的那顆葡萄。

他的那顆葡萄？

狐狸想著這句話：「我的葡萄。」他覺得好愉快，哼起歌來。

主人看他一眼，覺得奇怪，「小狐，你知不知道你

正在唱歌？」

「我還會跳舞呢。」狐狸真的很想跳舞，不過，他只想跳給葡萄看；只想跳給他的葡萄看。

趁著主人到城裡辦事，狐狸帶著一朵花去找他的葡萄。他把花插在葡萄的左邊，對葡萄說：「這是玫瑰花，有一點點香。」

葡萄瞪他一眼，憤怒的大叫：「把它拿開！」

狐狸連忙把玫瑰拿開，小聲問：「你不喜歡花嗎？我以為女孩都愛花。」

葡萄翻了翻白眼，繼續憤怒的叫著：「我只喜歡我自己。而且，我早就知道玫瑰花有一點點香。」

她又說：「從前，我和玫瑰花一起在月光下唱過歌。」

狐狸笑著問：「我跳舞給你看吧。」

葡萄點點頭：「也好。從前啊，我很會跳舞，我跳過三支舞，不，四支。」

狐狸跳著舞，他兩手各拿著一片葡萄葉，上面拍拍、底下拍拍，轉個圈，再轉一圈。

一片片葡萄葉子，也跟隨狐狸的節拍，左三下、點點點，右三下、點點點，大家都跳起舞來。

葡萄終於笑了，她說：「狐狸，你跳舞的樣子還不錯，像一隻小魚夢見自己游在大海裡。」

狐狸想：「葡萄好會比喻。」

又過幾天，園裡一串又一串的葡萄，紛紛露出圓滾滾的臉。主人高興的大喊：「小狐，你快看！這些葡萄多美、多飽滿。」

狐狸淡淡的說：「是嗎？」

在狐狸眼中，

這些葡萄一點都不美。不過，他也說不上來，究竟是哪裡不夠美。

黃昏的時候，狐狸一個人在園裡散步。他的散步路線很簡單：出門，往葡萄園第三排走去；他的葡萄就在那兒等著他。

這一天的葡萄看起來更憤怒了，她的嘴嘟得很高很高，大叫著：「為什麼我的身邊長滿了葡萄？這麼多的葡萄，讓我看了心煩。」

狐狸說：「有嗎？有其他的葡萄嗎？我怎麼都沒看見。」

葡萄輕輕一笑，有點害羞了，「是嗎？」

這個黃昏，狐狸為葡萄又唱了一首歌，還跳了一支舞。

月亮升上來了，狐狸仰起頭，說：「今晚的月光，讓我想寫詩呢。」

葡萄說：「從前我也寫過詩，我寫過七首，不，八首。」她又說：「我覺得詩挺美的，不如，你現在就寫一首。」

狐狸想了一下，寫好了。他朗讀給葡萄聽：「月亮出來了，亮亮的、亮亮的，是月亮在發光，還是我的眼睛在發光？」

葡萄聽了，說：「你的詩挺不錯，聽了讓人覺得心裡暖暖的，像有一根蠟燭在冬天的窗口，忽然亮起來。」

狐狸想：「葡萄好會比喻。」

日子一天天過去，滿園葡萄開始變化色彩，主人愈看愈開懷。

為了向林先生道謝，他到城裡買禮物去了。

狐狸也準備了禮物，想送給葡萄。他帶著前一晚畫的圖，往葡萄園第三排走去。

可是，他的葡萄不見了。

「葡萄，你在哪裡？」狐狸急得大叫。

他東張西望，心好慌。他的葡萄居然不在樹上等他，怎麼回事？

終於，他聽到一個微弱的聲音：「我在這裡，在地上。小心，別踩到我。」

原來，葡萄掉在地面。狐狸心疼的捧起他的葡萄，為她拍掉身上的塵土。葡萄的聲音不再憤怒，而是有點哀傷。她說：「其實，昨天我就有預感快要掉落了，只是，我沒有告訴你，怕你難過。」

狐狸捧著葡萄，心裡好難過。

葡萄又說：「可是，你如果把我放在陽光下，晒著晒著，我會變成葡萄乾，就可以繼續陪你了。」

狐狸望著葡萄，問：「你不怕晒黑？晒得頭疼？」

葡萄回答：「我很勇敢，從前啊……」葡萄不說了。

安靜了一會兒，她又說：「可是，變成葡萄乾以後，會變得有點醜，你可能不會想再為我寫詩。」

狐狸心想：「我才不會覺得你醜，我會一直為你寫詩。」

陽光下，狐狸與他的葡萄靜靜的坐在一起。

《憤怒的葡萄》是一部美國小說，作者是約翰．史坦貝克，於一九三九年出版。描述經濟大蕭條時代，貧困的主角一家，離開家鄉，到遠方去謀求工作與未來。全書在控訴社會的不公不義，卻也在殘酷中見到溫暖的人性光輝。

作者說

愛不需要完美 也不一定要天長地久

這篇故事雖然套用「憤怒的葡萄」書名，不過，說的卻是「愛」。狐狸不自覺的愛上葡萄，葡萄本來有點驕傲，愛說大話，但在狐狸為她唱歌、跳舞、寫詩之後，也接受狐狸了。只是，愛可以天長地久嗎？或者說，愛一定要天長地久嗎？其實，只要雙方都能記得彼此，就是最美好的愛的禮物。

超馬童話作家

王淑芬

王淑芬，臺灣師範大學畢業。曾任小學主任、美術教師。受邀至海內外各地演講，推廣閱讀與教做手工書。已出版「君偉上小學」系列、《我是白痴》、《小偷》、《怪咖教室》、《去問貓巧可》、《一張紙做一本書》等童書與手工書教學、閱讀教學用書五十餘冊。

最喜愛的童話是《愛麗絲漫遊奇境》與《愛麗絲鏡中漫遊》，曾經為它做過好幾本手工立體書。最喜愛書中的一句話是：「我在早餐前就可以相信六件不可思議的事。」這句話完全道出童話就是：充滿好奇與包容。

最漂亮的鼴鼠小姐

亞平

繪圖／李憶婷

藍色的矢車菊在陽光下散發出寶石般的光澤，花香隨風搖曳，沁入心脾。阿力、阿發、阿胖三隻小鼴鼠，正在花叢裡玩捉迷藏，開心不已。

突然，傳來一陣歌聲：

「你是天上的月亮，明亮動人；你是地上的玫瑰，嬌豔可人……」

三隻鼠聽了，忍不住笑出來。

「誰在唱歌，真是難聽啊！」

「嘿，誰說我的歌聲難聽啊？」粗壯的花莖後面露出田鼠大哥笑咪咪的臉。

阿力發覺自己失禮了，連忙道歉：「對不起，田鼠大哥，我說錯話了。」

田鼠大哥依舊笑咪咪，「沒關係，我的知音本來就不多，你多聽幾遍，就會喜歡上我的歌聲的。」

三隻鼠你看我，我看你，不知道該點頭還是搖頭。

「那麼，可以請你們三隻鼠幫我做一件事嗎？」田鼠問。

「當然好。」

田鼠拿出了一封信，誠懇的說：「請幫我把這封信，轉交給最漂亮的鼴鼠小姐吧。」

田鼠把信塞給阿力，也不管阿力聽明白了沒，自顧自唱著歌走

了。看來，他的心情真是好。

現在，換阿力苦惱了，「最漂亮的鼴鼠小姐？」

阿力問另外那兩隻鼠：「你們知道是誰嗎？」

「我媽。」阿胖說。

「我妹。」阿發說。

「我奶奶。」阿力說：「不過，她們三位一定不是田鼠大哥要找的鼴鼠小姐。」

「沒關係，既然我們不知道信要交給誰，丟掉就好了，讓它隨風吹走，神不知鬼不覺。」阿胖提議。

「不行，這樣對不起田鼠大哥。」阿力說。

「是啊，萬一是重要的信，耽擱事情就不好了。」阿發說。

「這封信會很重要嗎？」阿力把信拿起來，就著天上的微光，仔細查看。

然後，他張大嘴巴，大聲呼喊：「天哪！我看見了信裡的三個字了，重要的三個字。」

應該是矢車菊反射出來的陽光太晶瑩剔透吧，三隻鼠都隱隱約約的看出了信紙上偌大的三個字：

我愛你

糟糕，這是封情書哇！

對於這封情書，三隻鼠擬定的策略是：阿胖負責找到田鼠大哥，查問到底要把信送給誰；阿發負責尋找最漂亮的鼴鼠小姐；阿力則是負責四處追問認識田鼠大哥的鼴鼠小姐。

情書最麻煩的是一定要交給對的人；如果

交給錯的人，亂點鴛鴦譜，那可能會造成災難哪！

「沒想到捉迷藏竟然捉到了大麻煩，早知道就不要去矢車菊花叢下玩了。」阿胖抱怨。

「不要這麼說，」阿力回話：「如果能幫田鼠大哥找到女朋友，也是日行一善。」

「我倒是比較想知道，誰是最漂亮的鼴鼠小姐。」阿發道。

「好吧，」三隻鼠握了握手，「咱們分頭行事。」

★

三天後，阿發有了消息。

「我終於知道誰是最漂亮的鼴鼠小姐了！」阿發大聲嚷著。

「誰？是誰？」阿力、阿胖齊聲問。

「就是我們班上的小莉呀。你瞧她那小小的嘴巴、尖尖的耳朵、黑油油的大眼睛，真是班上第一美。」

「第一美？」阿力、阿胖齊聲反問。

「當然是。以前，我看不出來；但經過這幾天仔細觀察，我終於看出來了。如果鼴鼠界有辦選美比賽，她一定是第一名。」

「第一名？」

阿發不顧兩隻鼠驚訝的眼光，自顧自往下講：「而且，她的性格溫和、脾氣好，對每一隻鼠都笑咪咪的。」

「那我們把田鼠大哥的情書交給她吧。」阿力說。

「不行！她又不認識田鼠大哥。」阿發的頭搖得像波浪鼓。

「換你們說說你們的工作進度吧。」

「我每天都去矢車菊花叢下等田

鼠大哥，可是，等不到。」阿胖說。

「我也四處問人，不過，大部分的人都不認識田鼠大哥；唯一有反應的是黑老師。」阿力說。

「尋寶教室的黑老師？」

「就是她。她似乎對田鼠大哥的印象很好，直誇他聰明、有勇氣。」

「唉呀，那就是黑老師無誤啦。黑老師雖然年紀大一些，但是她每天都妝扮得很漂亮。」阿胖說。

「再怎麼漂亮也比不過小莉。」阿發說。

阿力想了一會兒，還是搖搖頭，「不行，做事不能莽撞，我們再多觀察幾天吧。」

三天後，三隻鼠再度討論工作進度。

進度還是零。

阿胖找不到田鼠大哥。

最漂亮的鼴鼠小姐還是小莉。

至於阿力，他認識的同學幾乎都問過了，誰都不認得田鼠大哥。

「別傷腦筋了，」阿胖不耐煩的說：「為了這封信，我們都沒時間玩樂。還是聽我的話把信扔了，神不知鬼不覺。」

「扔了好。」阿發說：「田鼠大哥的信一定不是給小莉。我不想要小莉收到這封信。」

阿力則是苦惱的走來走去，「不行不行，信件一定要送出去，我們不可以失信於田鼠大哥。我們應該試試另一種方法。」

「哪一種方法？大聲呼喊嗎？」阿胖問。

阿力靈光一閃，「我想到一個好方法了，不必大聲呼喊，只要靜靜的站著就可以。」

「什麼方法？」

「關鍵字搜查法。」

鼴鼠學校第55號教室隔壁，有個兩間教室大的中庭，從下層教室到上層教室，從上層教室到下層教室，都必須經過這個地方，所以中庭裡永遠都有擁擠的鼠群和熱鬧的聲響。

阿力搬來了一張小桌子，上面立了個紙牌，牌上寫著：

「一封信　田鼠大哥」

三隻鼠安靜的站在小桌子後面等著。

阿胖問：「這樣就會有人來嗎？」

「我不確定。」阿力回話：「不過，看懂這兩個關鍵字的人，應該就會來。」

從早上等到下午，
沒什麼人來。
倒是幾個老師來
打了招呼：森老師、
鑽老師、麻老師，連
音樂老師——樂老師也
都來了。

老師們問的話都一模一樣：

「你們三隻鼠是在搞什麼鬼？」

阿力乖巧的回話：「我們沒有搞鬼，我們只是在幫人送信罷了。」

老師們問一問，就走了。

小莉也來了。

小莉一來，阿發就躲到阿力的身後去。

「你們在做什麼？」小莉問。

「沒什麼，我們在幫人送信。」阿力回答。

「我可以看看嗎？」小莉問。

阿力把手上的信揚了揚。

小莉說：「啊，我也好想收到信哪。」說完，轉身也走了。

小莉一走，阿發就出來了。他指指小莉說：「看吧，她是不是很漂亮？」

「小莉太瘦了，鼴鼠太瘦，不好看。」阿胖說。

阿發氣得快冒火了。

對於早上稀稀落落的人潮，阿力搖搖頭說：「看來第一階段無效，只能進行第二階段了。」

阿力收了舊的紙牌，亮出新的紙牌，紙牌上寫著：

「情書　最漂亮的鼴鼠小姐」

半小時後，小桌子前擠滿了漂亮的鼴鼠小姐們。

大家紛嚷著：

「給我給我，我是鼴鼠學校裡最漂亮的鼴鼠小姐。」

「我才是無敵美麗加三級，不要弄錯了。」

「這是專為我寫的情書哇。」

三隻鼠被擁擠的鼠群嚇壞了。

他們搞不懂，為什麼前後半小時，差別這麼大？是因為「情書」這兩個字？還是「最漂亮」這三個字？

他們無暇思考，因為所有的鼴鼠小姐都要他們交出這封信，甚

至要他們念出信中的內容，以證明自己就是收信者。

三隻鼠被龐大的鼠群包圍，愈靠愈近，愈靠愈近。

突然，龐大鼠群中裂出了一道缺口。

黑老師來了。

黑老師站在阿力身旁，輕聲細語的對大家說：「親愛的小姐們，我知道你們都很漂亮；不過，這封情書要給的是一位漂亮又優雅的小姐。瞧瞧你們現在在做什麼？」

黑老師的話一說完，慢慢的，所有的鼠群往後退，再也不那麼咄咄逼人。

「現在，最好的方法就是請所有的小姐們回去，做自己的事情。我會把這封信交給最適合的人。」三分鐘內，漂亮的小姐們一哄而散。

「黑老師，謝謝你救了我們。太可怕了。」阿力心有餘悸。

「我看不出有幾個是漂亮的，她們是不是弄錯了？」阿發說。

「嚇死人了，簡直是災難。」阿胖說。

黑老師正色的說：「這是你們的不對，『情書』這種事情，怎麼可以這樣處理？」

阿力雙手一攤，「我們找不到田鼠大哥所說的『最漂亮的鼴鼠小姐』啊？只好用這招險棋試試看。」

阿胖拉拉黑老師，「黑老師，我猜田鼠大哥的情書是要給你的

吧？」

「給我？」黑老師大笑，「雖然我也很想收到情書，不過這封情書不是寫給我的。我是最漂亮的老太婆，最漂亮的小姐正在那兒等著呢！」黑老師指了指上面。

「樓上？43號教室？45號教室？48號教室？」阿力問。

看黑老師眉開眼笑，阿力忽然懂了，他怎麼就沒想到呢？能欣賞田鼠大哥歌聲的人，除了音樂老師——樂老師之外，還有誰？

「我知道了，」阿力高興的說：「我現在就把這封信拿到第48號音樂教室去。」

「噓——」黑老師擠擠眼，「送情書可是個祕密任務哦，千萬不能讓別人發現。」

「放一百二十個心，黑老師。我一定使、命、必、達！」阿力拍胸脯保證。

✱

這天，三隻鼠又在矢車菊花叢下玩捉迷藏，玩得正高興時，一陣歌聲傳來：

「你是天上的月亮，明亮動人；你是地上的玫瑰，嬌豔可人……」

「哈哈，田鼠大哥和樂老師正在約會呢。我們快來偷看吧。」阿力道。

「別看了。被樂老師看見，她還要罰我們唱歌呢。」阿胖說。

「田鼠大哥唱歌真難聽，真不知樂老師怎麼會喜歡他。」阿發說。

「青菜蘿蔔，各有所愛。你不是也喜歡小莉嗎？」阿力說。

「哪有！」阿發大聲嚷著。

「你敢說沒有？」

阿發不好意思的點點頭，然後從口袋裡拿出了一封信，「那——可以請你們幫我把這封信，轉交給最漂亮的鼴鼠小姐嗎？」

「又要給樂老師嗎？不行啊，她已經有田鼠大哥了。」阿胖說。

「我知道，我知道。」阿力數著指頭說：「是給小美、小花、小紅……」

「停停停，都不是。」阿發臉紅的說：「是……小莉啦。」

「都知道是小莉了，為什麼不自己送？」阿力問。

「人家害羞嘛！」

阿力阿胖笑著說：「不送不送。」

「哦～～談戀愛！」

作者說

勇敢說愛 清楚表達

這是一首甜甜的鼴鼠小戀曲。

阿力陰錯陽差的接下了送情書的工作，因為使命必達，最後，終將情書完美的交給了對的人，間接促成了兩對情侶的戀曲開始演奏，居功厥偉。

愛一個人就要勇敢表達，不要扭捏；也不要錯誤表示，造成可怕的誤會。「我愛你」這三個字，充滿著神奇魔法，是全世界最偉大的力量來源。

超馬童話作家

亞平

臺東大學兒童文學研究所碩士，國小教師、童話作家。

投入童話創作十幾年，燃燒內心的真誠和無窮盡的幻想，為孩子們帶來觸手可及的愛與溫暖。喜歡閱讀、散步、旅行、森林和田野，尤其迷戀迅即來去的光影。

曾榮獲九歌年度童話獎、國語日報牧笛獎、教育部文藝創作獎等，著有《月光溫泉》、《我愛黑桃7》、《阿當，這隻貪吃的貓！》系列、《貓卡卡的裁縫店》系列、《狐狸澡堂》系列。電子信箱：yaping515@gmail.com。

小死神追愛日記

劉思源
繪圖／尤淑瑜

「我要死了……我要死了……。」小死神歐巴躺在床上，像一條蟲滾來滾去，嘴巴碎碎念個不停。

「你怎麼會死呢？」小吸血鬼多明哥一邊吸番茄汁，一邊抬槓：「你是死神耶！」

小死神歐巴和小吸血鬼多明哥是夜間部實習生宿舍的室友，平時就愛鬥嘴。

歐巴給了多明哥一個白眼後坐起來。這傢伙又不是不知道，他不是神，充其量只是個協助死者打卡的小員工，更貼近生活一點來說，也算是個UBER外送員，必須在二十四小時內帶（拖）走個案的靈魂。

「死只是個形容字，」歐巴哀號說：「你不了解我的心情啦！」

歐巴今年剛滿六百歲，這個年紀在死神圈等於初階青少年——情竇初開的那一種，而從來沒談過戀愛的他，非常渴望能有「第一個」女朋友。

「你急什麼呀？」多明哥拿起一面鏡子朝歐巴丟過去，「你只比我『不』帥一點點，哪怕找不到女朋友？」

「哼，誰比誰帥？誰說了算？」歐

巴這些話倒不是隨便說說。你看看，小死神的長相，「皮膚純白如雪，嘴唇赤紅如血，黑髮柔順發亮。」

這段形容白雪公主的句子，剛剛好就是歐巴俊美的寫照，再加上運動選手般的完美體格，哪是同樣以「蒼白係數第一」著稱的吸血鬼家族可比的？

大家都知道吧？吸血鬼不可以晒太陽，白天不出門，皮膚保養自然做得好。

至於死神呢？根據內部統計，白天死的人比晚上還多，所以白天也得時時出勤，防晒這部分做得差一截。不過歐巴都上夜班，倒還是能保持白皙的皮膚，所以兩位的膚質算是同等級的。但小死神多了一個強項——運動選手的體格。

這其實不難理解：因為九九．九%的人都不想死，所以死神不免碰上一些需要強力肢體碰撞的狀況，因此死神特訓課程包羅萬象，有跑步、追蹤、攀牆、擒拿……以及如何打架不傷腰等復健課程，這樣練一輪下來，每一位死神都是不鏽鋼304等級的。

說真的，小死神歐巴和小吸血鬼多明哥住的404號房，可是鼎鼎大名，門口常常堆滿各種禮物、情書、卡片，有時連要進門都擠不進去。

歐巴當然知道自己的「致命吸引力」，但是愛情沒有道理，他早在不知不覺中愛上一個人類少女。

★

少女名叫小光，一名駕駛救護車的救護員。

根據小光的職業性質，想當然，她最討厭的就是——死神。因為只要死神出現，不管救了幾條生命，就表示這趟任務百分之百會出現死亡個案，即使最後完成了最高難度的任務，也難免留下一些

遺憾。

「這真的不能怪我呀！我只是認真工作而已。」歐巴大喊，相信歷屆無數的死神應該都這樣吶喊過吧！

不說不知道，死神這份職業是天職，而且不能辭職。

歐巴一共見過小光三次：一次在火災現場、一次在車禍現場、一次在醫院門口。小光搶救受傷和生病的人，歐巴則負責接走她救不了的人。

照理說工作中的死神沒有人看得見（除了死者個案），但是偏偏這幾次工作，等待的時間長了點，歐巴一看見小光，整個人被電到，目光忍不住跟著小光的身影團團轉。

「怎麼會有如此可愛又有活力的女生？」歐巴喃喃自語。死神為了保持冷靜，一向刻意保持冷血狀態，但不知為何，看著小光跑來跑去搶救病患，黑色的馬尾搖啊搖的，歐巴的心也跟著蹦蹦跳。而就是這麼湊巧，當歐巴好不容易等到那一刻，

揹著搞不清楚狀況的個案老伯伯離開時，忍不住回頭看了小光一眼。

歐巴的愛情故事說到這兒，多明哥忍不住插嘴：「咦？死神不是不能回頭嗎？」

「是死亡不能回頭啦！」歐巴再賞多明哥一個白眼，「死神回頭，只是會顯現真面目而已。」

「那有什麼關係？」多明哥嚷著：「你看起來就像穿著長版黑色連帽T的普通人類哪！」

多虧這幾年流行黑時尚，讓歐巴不會暴露身分。但時機不對，相見不如不見。

歐巴驚覺小光發現他了，慌慌張張的想逃走，卻撞倒了另一位傷患。

「喂，你這個冒失鬼，幹麼沒事跑來醫院門口亂竄？」小光一邊扶起那位傷患，一邊對歐巴發脾氣。死了一個老伯伯已經夠沮喪了，偏偏還有人來亂？

「這下慘囉！」連個案老伯伯看了都連連搖頭，他年紀大，小死神眼

裡的愛意一目了然。談戀愛時第一印象很重要，壞印象就像怎麼甩也甩不掉的陰影，這位小死神徹底黑掉了。老伯伯反而安慰小死神不要太傷心，拖著歐巴離開現場。

「小光大概一輩子都會討厭我吧！」歐巴把臉摀住，阻止眼淚掉下來，「我要怎麼扭轉她對我的印象？」

「狠狠咬一口！」做為聽眾，多明哥忍不住開個玩笑。

「你以為真的有人喜歡吸血鬼的『愛咬咬』？」歐巴賞了多明哥第三個白眼，繼續碎念：「我要死了……我要死了……」

「看你可憐，讓我這位一級戀愛教練來幫幫你吧！」多明哥拍拍胸膛，拉著歐巴飛往河邊，展開「戀愛大作戰」。

戀愛的第一步——相遇，而重點是要在「對的」時間點相遇。

多明哥數落歐巴：「你就是不知道閃人，居然在工作時間和小光對上眼，這不是自找死路嗎？」

「我又不擅長閃人。」歐巴聽了直嘀咕：「通常都是人閃我吧。」

今天其實正是一個大好時機。別看多明哥嘴巴不饒人，他早就請寵物蝙蝠偵探團調查清楚了：

一、今天小光放假，不須出動救援任務，等於今夜不會碰到死亡個案，少了對立面。

二、小光休假時，常常一個人在河邊夜跑，那兒活動的人不多，有利歐巴接近目標。

多明哥和歐巴來到河邊，月光不敢怠慢，乖乖打亮戀愛進行曲的舞臺燈。

只見遠遠的，黑色的馬尾搖啊搖。

「現在該怎麼辦？」歐巴緊張起來，這次不能再搞砸。

「你知道小光最喜歡什麼？」多明哥問歐巴。

「嗯，應該是——救人。」根據小光平日的行為，歐巴的答案百分之九十九錯不了。

「這就對了！」多明哥把歐巴往前一推，然後化身成一隻大狗，對著一位散步的老婆婆狂吠。

「走開！走開！」老婆婆嚇得呆立在路上，不知道該怎麼辦。

「婆婆，不要怕。」小光聽到聲音跑過來。

大狗多明哥對著歐巴吠叫。歐巴一點就通，立刻配合演出，他跑過去擋在老婆婆面前，大狗多明哥撲上去，狠

狠咬一口，倒了半罐番茄汁，然後飛快的跑走。

「啊！好痛。」歐巴假裝痛苦哀號，番茄汁滴滴滴。

小光先檢查婆婆有沒有受傷，再蹲下來觀察歐巴的傷勢，「怎麼啦？我來看看。」

小光一眼就認出來，歐巴就是上次那個冒失鬼。其實她有點後悔，雖然歐巴粗手粗腳的，但她不該亂發脾氣。她身上沒有藥品，便帶歐巴去附近的醫院清洗傷口和包紮，還打了一針「破傷風」預防感染。

「啊！好痛。」歐巴沒打過針，痛得眼淚噴出來。

「你好像小娃娃喔。」小光對歐巴的印象好轉中，這位年輕人跟她一樣喜歡「救」人。

當天夜裡，歐巴唱著歌回到宿舍，開心的拉著多明哥跳舞。

多明哥超級得意，「歐巴，你還不可鬆懈喔，一個壞印象要十個好印象才能徹底翻轉。」

「那怎麼辦？」歐巴的心情一下子從雲端掉到泥巴堆。

「這點小事當然就交給我。」多明哥繼續義氣相挺。從此多明哥有機會就創造一點小意外、小狀況，讓歐巴「碰巧」出現，並出手相助，增加歐巴和小光接觸的機會和感情的熱度。

就這樣小小戀情開始萌芽。歐巴喜歡小光的活力，小光喜歡偶爾粗手粗腳，但做事認真負責的歐巴。

又到了月圓之夜。

「該出絕招了！」多明哥假扮成流浪漢，故意「咚」一聲，昏倒在小光面前。

小光趕緊上前查看，「嗯，沒有呼吸。」

小光摸摸脈搏，「沒有脈搏。」

小光再聽聽心跳，「糟了！沒有心跳。」

歐巴差點笑出來。多明哥是個鬼，本來就沒有心跳和呼吸。

他忍著笑跟著原先的劇本走，跑到多明哥身邊準備開始CP

R……

這時忽然一位陌生的老死神遠遠走來。

歐巴和多明哥互看一眼，他來幹什麼？

一、不可能是要帶走歐巴，

死神只會老，不會死。

二、多明哥是鬼，

也不用再死一次！

現場只有一個可

能——

他們不約而同把

眼光轉向小光，「不會吧？」

死神愈來愈近，歐巴立刻丟下多明哥，轉身緊緊的環抱小光，希望老吸血鬼忽略小光的存在，卻沒想到——

「好冷、好冷喔！」小光全身發抖，昏倒在地上。

哎呀！歐巴忘了死神的擁抱，比冰冷還冰冷。

「天哪！我是不是害死了小光？」歐巴大叫，懊惱自己粗心大意，忘了小光跟他「不一樣」。

「不會的！」多明哥眼睛尖，發現小光正長出兩隻狼耳朵和一條狼尾巴。今天是月圓之夜，原來小光是——「狼」人！

「你看吧，愛情是盲目的。」多明哥大笑，這兩位根本不認識對方。

這時小光悠悠醒來，歐巴立刻牽著

小光的手，和多明哥一起往前狂奔，「跑一跑身體就熱了！」他也決定和小光坦白一切，愛裡不能有隱瞞，有愛就能克服一切「不一樣」，管她是人還是狼？

「喂，你們要去哪兒？」老死神年紀大，跑了一會兒就跑不動了。他不明白，他是夜間部宿舍新來的舍監，來叫歐巴和多明哥回房點名的，那兩個年輕小伙子跑什麼跑？

作者說 尋找屬於自己愛的答案

愛，是什麼啊？

每個人的答案鐵定不一樣，也不需一樣。

而愛一個和自己不一樣的人或許不容易，但我相信愛能帶出熱情、勇敢、行動，不論結果如何，我們可以在笑容和眼淚之間，學會和自己或別人跳舞。

超馬童話作家 劉思源

一九六四年出生，淡江大學畢業。曾任漢聲、遠流兒童館、格林文化編輯。目前重心轉為創作，作品包含繪本「短耳兔」系列、《騎著恐龍去上學》；橋梁書《狐說八道》系列、《大熊醫生粉絲團》，童話《妖怪森林》等，其中多本作品曾獲文建會「臺灣兒童文學一百」推薦、好書大家讀年度最佳少年兒童讀物獎，並授權中國、日本、韓國、美國、法國、俄羅斯等國出版。

天天貓：搬家的字條

林世仁
繪圖／李憶婷

我夢到一個微笑。

好熟悉，卻一下子想不起來。那微笑好美，她是誰？在哪裡見過？

我努力盯著她，想記起來。

那微笑卻開始變大、變寬、變形——

——變成了天天貓！

「哎呀！」我大叫一聲，嚇醒過來。

那張貓臉就窩在我的床頭，大剌剌的笑著。

「喂喂！」我罵牠：「你以為你是蒙娜麗莎呀？跑到我夢裡來亂笑！」

天天貓一點也不生氣，只是跳下床，走到門口等我。

「好啦好啦，」我沒好氣的說：「這次又要去哪？」

嘴裡沒好氣，我的心裡卻冒出一絲期待。

天天貓會帶我去找微笑的主人嗎？

一踏出門，我的腳步就輕盈——哦不，是輕飄起來！我不是變成睡衣貓，是變成了白文鳥。

「吱吱！這是哪裡？」我站在窗臺，好奇的往屋裡瞧。

「唧唧，你不會自己看？」天天鳥說。

好陌生的房間，一個小男生擤著小鼻涕，在玩扮家家酒。忽然，他放下手中玩具，跑去開門。

「歡迎公主回宮！」小鼻涕一鞠躬說：

「公主要不要喝飲料？」

「好哇！」公主點點頭，笑起來。那笑容跟夢裡一樣甜！

我的心臟差點跳出嘴巴。

是她——小學三年級時，坐在我旁邊的女生！

四年級搬到臺中後，我就再也沒有見過她。我連她叫什麼名字都記不起來！想不到隔了這麼多年，我竟然還能再見到她。

小鼻涕在空空的塑膠杯裡丟進一顆彩色彈珠，「可爾必思，加

了大蘋果！只有公主才喝得到喲！」公主接過來，認真的喝了一大口，「嗯！果然是皇家口味，外面都喝不到！」小鼻涕開心得又倒上一大杯。

「說故事！說故事！」小鼻涕嚷起來：「王子今天發生什麼事？」

「王子啊？」公主坐下來，「王子今天說了一個祕密喔。」

王子？祕密？好像很神祕。我幾乎要貼住窗戶了！

「王子說，他小時候本來很胖，因為被山上的猴精附身，那猴精在他肚子裡跳來跳去，害他拉肚子連拉了七天七夜，才變成瘦竹竿。」

咦，那不是在說我嗎？

我想起來了！那時候我好愛跟她聊天，想到什麼就說什麼。嘿，想不到連拉肚子這件事也跟她說了——等等，我是王子？這是怎麼回事？

「哈哈，胖王子變瘦王子！」小鼻涕說：「那瘦王子會不會再變回胖王子？」

「可能喔！只要山上的大象跑到他身上，說不定他就會變得跟大象一樣胖。」

「胖王子！胖王子！」小鼻涕說：「胖王子有說他喜歡公主嗎？」

「沒有喔。」公主說。

「又忘記了？王子真笨，記性真差！」小鼻涕不開心，「怎麼每次都忘記。」

「不會啊，王子今天跟我說了很多話，我很開心呢。」

「公主愛王子！公主愛王子！」小鼻涕跳起來，像印地安人轉圈圈。

「亂說！亂說！」公主臉紅了，想摀住小鼻涕的嘴巴。小鼻涕一溜煙衝出房間，邊跑邊笑：「追不到！追不到！」

天天鳥轉頭笑我：「王子喔，哈哈，王子！」

我想啄牠，牠一溜煙飛跑了，「追不到！追不到！」

想逃？我振翅追過去。

這一追，追到了下一天！

我看見教室裡的我坐在公主旁邊，嘴巴動來動去，手還不時揮兩下。

我在說什麼呢？聽不太清楚。我只看見公主靜靜的聽，微微笑著。

啊，就是那眼神！

我想起來了！三年級重新編班時，公主坐在我旁邊。

初相見，我很禮貌的問她：「請問你叫什麼名字？」

那眼睛裡閃過一抹靜靜的微笑，「你忘了？我們一年級是同班同學呀！」

我們一年級同班？我好驚訝！怎麼可能？我們同班一年，而我卻不記得她？

大概因為太驚訝，也因為太不可思議了，我滔滔不絕的跟她說起話來。

從那天開始，我的嘴巴好像就沒有停過。

我發現自己很喜歡跟她聊天——說是聊天也不對，因為大多時候都是我一個人在說，她只是靜靜的聽。但是好奇妙哇，只要看見那微笑的眼睛，我的嘴巴就能自動湧上一堆話。我自己都很驚訝哪來那麼多話可以說？

一個記憶從心底角落遙遙遠遠的來到眼前：我躺在床上，想到隔天上學又能見到她，又能跟她說話，我就開心得好想早早睡過晚上，早早起床去上學。

心情隨著回憶揚升，一種歡快讓我飛翔到操場上。往上飛，往上飛，鬆開勁，躺在風的翅膀上飄浮……啊，有一個人可以這樣想念，多麼幸福！

再飛回操場，我看見班上的大個頭在嘲笑我：

「林世仁愛×××！林世仁長大娶×××當太太！」

我沒有回嘴，只是匆匆躲開。哈，我都要笑當年的小小我了！那紅噗噗的臉頰，根本就是心裡在偷偷歡喜嘛！

天天鳥很識相，沒跟過來。

我正想讚美牠，忽然發現牠在一個女孩子頭上打轉。

啊，是黃心蓓！

畫面一下子轉到四年級。黃心蓓是新轉來的女同學，漂亮又活潑，大家都喜歡她。週三的下午不上課，她問我：「要不要來我家寫功課？」我看著她的大眼睛點點頭，「好哇！」

吃完中飯，我換上便服，拿著課本和作業簿，腳步輕快的走路去她家。

公園的小角落裡，公主在陪小鼻涕玩沙。

「你去哪裡？」她問。

「去黃心蓓家寫功課。」我說。

「噢。」她小小聲的應了一句。

我忽然不知道該說什麼，匆匆走開，好像做了什麼虧心事。

後來呢？我記不清楚了。王子和公主好像從此沒有再坐在一起。

我只記得下課時，我都在和黃心蓓玩「拍手心」的遊戲。下課鐘一響，我就在走廊上找到黃心蓓，「啪！」打她一下手心，轉身就跑。等她追上來，我再伸出手讓她「啪！」一下打在掌心。一下

我追她，一下她追我，我跑得胸膛怦怦跳，心裡也怦怦跳。

變成小白鳥的我也看得怦怦跳！

啊，那窗戶邊，是誰的眼神在默默的看著呢……

天天鳥飛來笑我：「怪不得你不記得公主的名字，原來是大情聖啊！」

「嘿，你就是帶我來看我的移情別戀？是嗎？」我想生氣又沒法生氣。我真想去啄那個小小我，把他啄醒。唉唉，怎麼這麼差勁哪？

天天鳥領著我又飛到公主家，又是新的一天。

「王子呢？今天有沒有說喜歡公主？」小鼻涕又在問。

「沒有喔。」公主說：「不過，他有表演特技給我看。」

「什麼特技？」小鼻涕睜大了眼睛。

「王子今天中午回家吃飯，下午回學校時帶來一塊大西瓜。你知道他多會啃西瓜嗎？」

「不知道！」小鼻涕搖搖頭。

「這樣啃喔！」公主兩手握著空氣西瓜，張大嘴巴，快速啃過去，啃過來。

「好快！好快！好厲害！」小鼻涕拍起手。

「還不止這樣喔，西瓜皮不是有白白的肉嗎？」公主說：「王子連那白白的肉都啃呢！」她又張大嘴巴，啃過來，啃過去，啃得真像只剩一張薄薄的西瓜皮。

啃西瓜！我想起來了。只是，我是啃給黃心蓓看的。

「好棒！好棒！不愧是王子！」小鼻涕說：「可是他啃完，有沒有說喜歡公主？」

「沒有喔。」

「笨王子，笨王子！」小鼻涕說：「笨蛋西瓜王子！」

「對對，明天再跟你說笨蛋西瓜王子的新故事。」公主說。

還有新故事？我不想再聽，轉頭催天天鳥：「好好好，我承認我是笨蛋大西瓜！可以了吧？我們可以回去了嗎？」

「回去？你還沒看到重點呢！」天天鳥一眨眼睛，眼前畫面忽然暗下來。小鼻涕睡著了，小小的燈光下，公主不知道在寫什麼。

「第一封，祝你新家平安。」她把一張信紙仔仔細細摺好，放進信封裡。

「第二封，祝你新學校、新朋友愉快。」她把第二張紙摺進第二個信封裡。

「第三封要寫什麼呢？」她咬著筆桿發呆。

我在窗外等得快睡著了，眼睛一頓，看她把第三張紙摺進第三個信封。

第三封寫什麼呢？我真好奇。可惜她沒說，只是摸著信封發呆。「第一封就會回信吧？還是會等到第二封？還是第三封……啊，我真笨，他要先寄給我，我才能寄給他呢！」她看著信封上空白的地址發笑，然後，在信封上一一寫上我的名字。

啊啊，是寄給我的呢！

畫面轉亮，是白天，在學校裡，分組討論課。桌子併桌子，大家圍成長方形坐著。

我正式告訴同學：我要搬家到臺中了。大家都輪流祝福我。

我看見她怯生生拿出一張紙，從桌子的另一邊緩緩遞過來。

我打開來看，啊，是她的名字和她家的地址。

眾目睽睽之下，我大手一揮，

竟然把那張小紙條沿著桌面直直「壓回去」，退還給她……

啊，站在窗臺上的我渾身顫抖了一下。

小小我根本沒注意到她臉上的光暗了下去，只是轉頭去看黃心蓓，擔心她有沒有看見。

啊啊，我怎麼能做出這樣的事呢？我眼前一黑，從窗臺上掉了下去！

掉回到我的床上。

天天貓什麼話都沒說，轉身離開了。

我窩在床上，久久起不來。

怪不得我連公主的名字都忘了，我根本不配記得她的名字。

我在床上躺了好久好久，然後，閉上眼睛，在回憶裡把那張紙條收過來，放在心窩。我抬起頭，望著那雙微笑的眼睛，輕輕說：「對不起，請原諒我；謝謝你，我愛你。」

作者說

愛有各種可能　善待每顆真心

生活中，我們會遇見喜歡的人，也會遇見喜歡我們的人。如果那喜歡是一對一的，對方就成為我們「唯一的好朋友」。有時候，「唯一的好朋友」會慢慢變成「好朋友之一」，甚至是「以前的好朋友」。為了新朋友，我們偶爾還會粗心的傷害到以前的老朋友！啊，當時我們的內心一定很不安，覺得對不起對方。這些「之後想起來會很臉紅」的事，在當下要盡量處理好喲！不然，可能得等到未來，在回憶中才能跟對方說一聲對不起呢。

超馬童話作家　林世仁

文化大學藝術研究所碩士，專職童書作家。作品有童話《不可思議先生故事集》、《小麻煩》、《流星沒有耳朵》、《字的童話》系列；童詩《誰在床下養了一朵雲？》、《古靈精怪動物園》、《字的小詩》系列、圖像詩《文字森林海》；《我的故宮欣賞書》等五十餘冊。曾獲金鼎獎、國語日報牧笛獎童話首獎、好書大家讀年度最佳少年兒童讀物獎，第四屆華文朗讀節焦點作家。

當龍嘎嘎碰上貓頭鷹嗚啦啦

王家珍

繪圖／陳昕

噴火龍沙漠是世界上最大的沙漠，左側靠海的狹長地帶稱為「天使之翼」。

天使之翼西側散落著幾十棵猴麵包樹，每一棵猴麵包樹都住著龍，這裡是世界上少數幾個龍族聚集地之一。

龍族群中有一隻龍，名叫嘎嘎。

嘎嘎對氣味敏感，對聲音很敏感，對其他的龍更加敏感。他成年後便遠離家人與龍族，獨自住在天使之翼最東側，一棵孤獨幽靜的猴麵包樹裡。

龍族是天生的木工，嘎嘎更是當中一等一的佼佼者，他在猴麵包樹裡「啃」出層層疊疊、錯綜複雜的「家」，有睡覺的窩、儲存食物的倉庫，還有通往樹頂的階梯。

龍在白天睡覺、晚上活動，傍晚醒來就爬到樹頂吃猴麵包樹的嫩枝和葉片，開花季節還有猴麵包樹的花朵和果實大餐。

當夜幕降臨，龍會帶一個猴麵包樹的種子到沙漠裡漫遊，在他選定的地點埋下種子，期待它發芽長大。

龍衷心盼望他的生活能如此平靜恬淡，日復一日重複循環，直到永遠。但是，一個冷冽的春日早晨，正在窩裡酣睡的龍，渾然不知裝載著他美夢的大氣球，就要被戳破了……

兩隻貓頭鷹追蹤跳鼠的蹤跡，經過這棵高壯的猴麵包樹，發現樹幹中段有個完美的樹洞，他們喜歡安靜單純的環境，決定在這裡

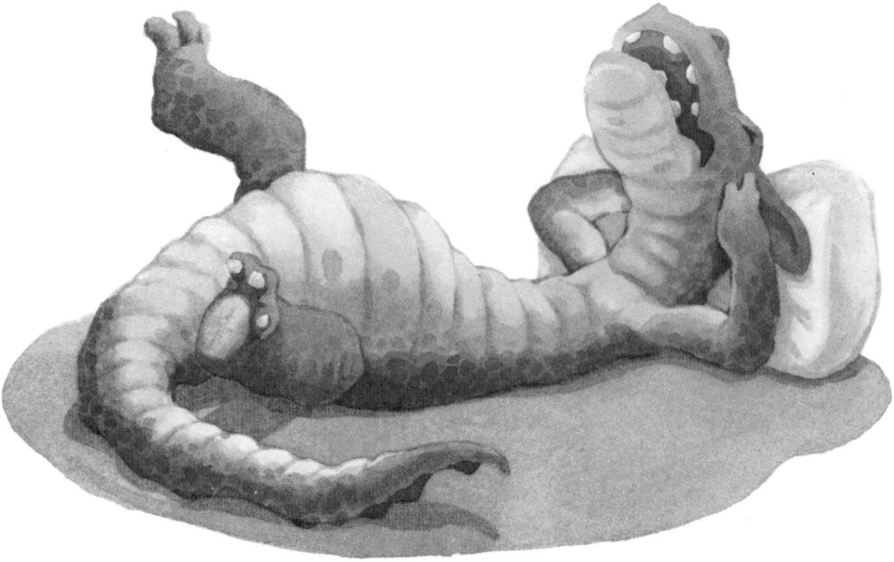

繁衍後代。

平靜的日子又過了幾天，清晨時分，龍剛剛睡著，就被吵鬧的尖叫聲嚇醒。

刺耳的聲音像一把琴弓，把龍脆弱緊繃的神經當做琴弦，技巧拙劣的拉出恐怖的噪音。

又倦又睏的龍，沒力氣起來查看發生什麼事。他摀住小耳朵，雙腳輕踢樹幹打拍子，哼唱媽媽教他的催眠曲，對聲音敏感的他，躲進自己創造出來的聲音保護罩，才勉強睡著。

龍醒來後，頭冠皺巴巴、雙眼紅又腫，他在猴麵包樹旁仔細搜查，找到幾個食繭。食繭是鳥類的嘔吐物，是哪隻大膽的鳥？竟敢在他的頭頂上築巢，吵得他不得安寧……

龍抬頭搜尋，看見貓頭鷹媽媽站在樹洞口，他緊握拳頭，對她喊話：「這棵樹是我的地盤，識相的話就趕快搬家！」

貓頭鷹媽媽看著兇巴巴的龍，沒有吭聲，樹洞裡的兩隻小貓頭鷹卻大聲尖叫。

龍忍不住大吼：「閉嘴，吵死了！」

小貓頭鷹肚子好餓，愈叫愈大聲，龍氣得用力拍打樹幹，小貓頭鷹卻以為龍在跟他們唱和，叫得更大聲。

第二天的情況更糟糕。貓頭鷹爸爸只帶回一隻瘦老鼠，饑餓的小貓頭鷹尖叫著搶食，叫得龍頭暈、耳鳴、睡不著。他摀住小耳朵，大聲唱催眠曲，兩條大胖腿如同跳踢踏舞一般，重重的踢踏樹幹，咚咚動、咚咚動……

龍有多不高興，踢樹幹的力道就有多大，最好能嚇走貓頭鷹一家。

龍又踏又唱，直到筋疲力盡才睡著。

太陽下山了，龍伸伸懶腰，翻滾著起身，哎喲！兩條大胖腿又痠又痛，龍氣得兩個小耳朵冒出濃煙。

那天晚上，猴麵包樹開花了，這是龍期盼了將近一年的大事。他沿著階梯爬上樹頂，把搆得著的花都拉過來，只有把甜滋滋的花蜜舔光光，才能撫慰他受創的心靈。

貓頭鷹媽媽帶回獵物，鑽進巢裡，小貓頭鷹爭先恐後搶著吃東西，叫得好劇烈。貓頭鷹爸爸空手回來，一眼看見龍高踞樹頂，嚇得翅膀差點扭到，歪著身體飛走了。

龍開心得哈哈大笑，探頭對貓頭鷹媽媽大喊：「叫你家小搗蛋安靜點，再吵我就把他們扔下樹！」

貓頭鷹媽媽不想激怒龍，閉緊嘴巴不吭聲，但是小貓頭鷹還沒吃飽，大聲吵鬧。

正在舔花蜜的龍，聽出小貓頭鷹的叫聲和之前不同，他把小耳朵貼在樹幹上，沒多久就抱著頭哀號：「天哪！竟然又多了一隻小貓頭鷹。」

一想到家裡竟然闖入三隻吵鬧的小貓頭鷹，龍氣得溜下階梯，衝出家門，在沙漠裡狂奔，發洩心底的怒氣。

第三天，小貓頭鷹吵得更激烈，龍唯一能做的就是摀住小耳朵，大聲唱催眠曲，兩條大胖腿又跳起踢踏舞。

龍唱到口乾舌燥、兩腳痠麻，才剛剛安靜下來，就聽到有隻小貓頭鷹的叫聲和節奏，跟他的催眠曲一模一樣。

原來，最後破殼而出的小貓頭鷹是天生的音樂家，龍的催眠曲穿透蛋殼，傳到她的心坎裡，她記得一清二楚。

「快睡，快快睡，我的乖寶寶，

睡飽，睡飽飽，快快入夢鄉。」

龍在樹下輕輕唱，小貓頭鷹在樹上大聲和，節奏、旋律完全一致，他倆一搭一唱，就像默契絕佳的二重唱。另外兩隻小貓頭鷹「不合拍」的吵鬧聲，

竟然也有種笨拙搞笑的伴奏趣味。

催眠曲二重唱的效果很好，龍很快就睡著，還作了「怪」夢。夢裡，醜醜的、沒毛的小貓頭鷹對龍露出燦爛微笑，還給他的臉撓癢癢。之前氣得想把小貓頭鷹丟下樹的龍，不但怒意全消，還覺得這第三隻小貓頭鷹好可愛，很有吸引力。

接下來幾天，只要兩隻小貓頭鷹開始吵鬧，「催眠曲二重唱」就跟著開唱，用規律節奏來對抗魔音穿腦，龍不再覺得吵鬧，睡得好好。

龍每天都夢到小貓頭鷹，他好想看看這隻跟他對唱的小貓頭鷹長怎樣？

龍跑到猴麵包樹前方的空地，遙望貓頭鷹的家，只看見三個模糊小黑影；龍爬上樹頂，攀著樹枝往下看，無奈脖子太短，什麼也看不見；龍想從樹幹裡啃一條通道直達貓頭鷹的巢，卻又怕嚇到他可愛的小貓頭鷹。

既然看不見小貓頭鷹，龍只好專注的「聽」小貓頭鷹，輕敲樹幹打暗號和哼唱催眠曲，都是他們交流的好方法。

有一天，貓頭鷹夫婦出外狩獵，三隻小貓頭鷹為了爭搶狹窄的空間而吵翻了天，龍聽到愈來愈激烈的吵鬧聲，跑到樹下張望，正好看見一隻小貓頭鷹被推擠到洞口，還「嗚——嗚——」大叫。

龍一聽就知道是他的合唱夥伴，他高舉雙手揮舞，說：「飛下來，飛下來，讓我看看你！」

小貓頭鷹還不會飛，但是她聽到樹下傳來熟悉的聲音，興奮得「嗚——嗚——」大叫，猛力搧動翅膀，雙腳左右跳躍，準備往下飛。

一陣強風吹來，小貓頭鷹身體一歪，被吹離樹洞，龍大叫一聲：「哎呀！怎麼會這樣？」

小貓頭鷹乘著風，在空中滑翔。她搞不清楚狀況，又驚又喜，大聲宣告：「我會飛了！我好厲害！」

突然，一陣愛搗蛋的氣流竄出來，帶著小貓頭鷹上下轉圈，讓她失去方向感，頭暈目眩，昏了過去，摔落在熾熱的沙地上。

要不是龍踩著重重的腳步及時抵達，小貓頭鷹恐怕就被躲在沙地底下的毒蜥蜴拖進沙堆裡吃掉了。

龍捧起小貓頭鷹，快跑回家。這個小傢伙羽毛都還沒長齊，真不該鼓勵她飛下來，龍自責得落下熱淚。

小貓頭鷹昏睡了好久，幸好兩隻小腳丫不時抽動著，呼吸也很均勻規律。

龍記得媽媽說過，猴麵包樹的花蜜是生命之水。他摘了幾朵花，把花蜜灌進小貓頭鷹嘴巴。

就在龍累得睡著時，小貓頭鷹醒來了。她給龍撓癢癢，龍怕癢，笑著醒過來。一睜開眼，就看見小貓頭鷹瞪著大眼睛看著他，龍嚇得往後一蹬，後腦勺「咚」的一聲，撞到樹幹。

小貓頭鷹說：「原來你是用頭撞樹幹來打拍子，好好笑！」

龍假裝生氣的說：「原來就是你在我頭頂吵鬧撒野！」

小貓頭鷹微笑著，沒說話。

她的笑容比盛開的花蜜還香甜、比紅透的果實更甘美。

龍不想再為難她，說：「我是龍，叫做嘎嘎。你呢？」

小貓頭鷹回答：「我叫嗚啦啦。」

龍說：「嗚啦啦？這是什麼怪名字！」

小貓頭鷹說：「一點也不怪，只有歌喉很棒的貓頭鷹天后，才有資格取名為嗚啦啦。你的名字才奇怪！」

龍得意的說：「不是我吹牛，只有歌聲超級讚、天王等級的龍，才有資格叫做嘎嘎。」

小貓頭鷹說：「嗚啦啦比嘎嘎多一個字，我比你厲害一點。」

龍不服氣：「那就來獨唱比賽吧！」

小貓頭鷹說：「我肚子餓，沒力氣唱，也不想比。」

龍挑挑眉毛，說：「跟我去吃好料吧！」

龍帶著小貓頭鷹上到樹頂，盛開的猴麵包花香氣四溢，天蛾來了，小狐猴也來了！

小貓頭鷹「哇」了一聲，不說話，也沒動作。

龍推推她：「別客氣，盡量吃。」

小貓頭鷹等天蛾吸飽花蜜後，一口、兩口、三口⋯⋯，連吃好幾隻甜滋滋的天蛾。

小貓頭鷹等狐猴吃過花蜜，也想吃狐猴，但是狐猴溜得飛快，她沒吃到，氣得猛力撲動翅膀。

「幸好我很大隻，不然肯定被你一口吃掉！」龍假裝害怕。

小貓頭鷹跳上龍的肩膀，說：「你的皮這麼厚，我根本咬不動。」

龍嘎嘎沒說話，小貓頭鷹嗚啦啦也沒說話，他們沒比賽誰比較會唱歌，安安靜靜待在樹頂，看著天空那一輪圓滿的明月。

貓頭鷹媽媽飛回來，一頭鑽進巢裡，發現嗚啦啦不見了，站在洞口焦急呼喚。

貓頭鷹爸爸也回來了，停在樹頂的枝椏上，看見嗚啦啦站在龍的肩膀上，嚇得喘不過氣。

小貓頭鷹跟爸爸揮揮翅膀打招呼，貓頭鷹爸爸叫她：「過來爸爸這裡。」

小貓頭鷹大力揮動翅膀，始終在原地打轉；爸爸媽媽沒辦法叼著她飛回巢，龍也不可能像蜘蛛人一樣，在樹幹攀爬，送小貓頭鷹回家。

八個大眼睛你看我，我看你，龍想起他才是這棵猴麵包樹的主人，有責任解決困境。

龍發揮專才，迅速在樹頂為小貓頭鷹打造一間精巧的小閣樓。幾天之後，三隻小貓頭鷹都會飛了，被龍嚇過兩次的貓頭鷹爸爸和媽媽，決定帶著小貓頭鷹搬離這棵猴麵包樹，往西邊飛去。

不過，貓頭鷹嗚啦啦不想離開，她愛上這裡的環境，不但有寬大樹洞，還有精緻小閣樓，更棒的是可以跟龍嘎嘎組成「嘎嘎嗚啦啦二重唱」。

當龍嘎嘎碰上貓頭鷹嗚啦啦，他倆都愛唱歌、頻率合拍，被彼此的歌聲吸引，慢慢習慣在彼此的歌聲中入眠，誰也離不開誰。

作者說　傾聽心中的旋律　相知相惜

愛到最高點，就是把他放在心底，付出一切代價，只求彼此能相知相惜與相守。然而，愛有一見鍾情，也有一見「終」情；有日久生情，也有漸行漸遠……聽說有一句溫柔的咒語，掛在嘴邊常念多說，可以延長愛情的壽命，那就是「我愛你」。

怕吵的龍嘎嘎為什麼會被愛唱歌的貓頭鷹嗚啦啦吸引呢？我的答案是：無論愛情或友情，有共同的興趣、頻率合拍非常重要。

超馬童話作家　王家珍

王家珍，出生在澎湖馬公。

大學畢業後進入英文漢聲出版公司，踏入童書領域。以〈斗笠蛙〉和〈飛翔老鼠〉獲得民生報童話徵文獎項，開啟童話創作生涯。

擅長吹牛，連任多屆大頭珍童話森林盃吹牛冠軍。擅長打彈珠，帶幾顆彈珠出門就可以贏回一大把。擅長用橡皮筋彈蚊子和蒼蠅，百發百中，是個讓蚊蠅喪膽的神射手。

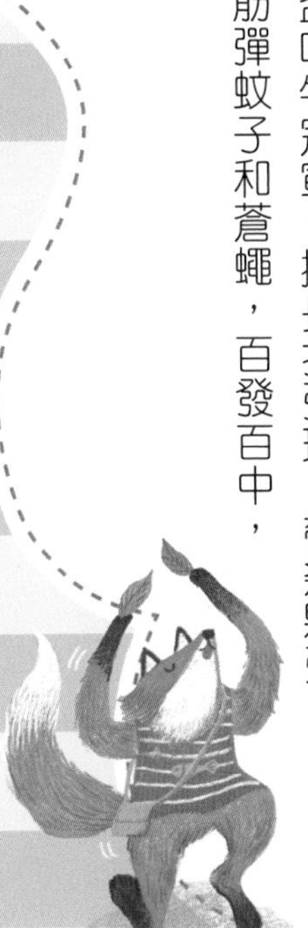

賴曉珍

黑貓布利：害羞的青春痘與蕁麻疹

繪圖／陳銘

在酪梨小姐的甜點店對面，那間店終於租出去了，重新裝潢後，開了一家咖哩店。

老闆是個年輕小伙子，戴副大眼鏡，忠厚老實的模樣。

新店開張，布利跟酪梨小姐立刻去捧場。店裡座位不多，打開菜單一看，只賣兩道餐：海鮮咖哩飯和蔬菜咖哩飯。

「布利，看什麼呀？在等你點餐呢！」酪梨小姐放下菜單說。

「我在看那個老闆啦，動作慢吞吞又慌慌張張的，真擔心他很快就做不下去了。」布利說。

「既然如此，我們就常來捧場吧！」酪梨小姐說：「我點蔬菜咖哩飯，你呢？」

「我要海鮮咖哩飯。」

布利放下菜單說：「只賣兩種餐，很快就會吃膩，不可能常來捧場吧！」

雖然只賣兩道餐，但是這裡的咖哩飯好吃得不得了，所以每隔幾天，布利跟酪梨小姐就會想來吃午餐。

不過，其他顧客好像

不這麼想，所以咖哩店的客人愈來愈少。因為客人少了，老闆不再手忙腳亂，反倒多了時間可以跟顧客聊天。

老闆叫阿宏，原本在玩具公司上班，有一天心血來潮，突然想開咖哩店，便把工作辭了。

布利問：「你為什麼想開咖哩店？」

阿宏說：「因為這是我心目中最美味的食物，以前媽媽常常做給我吃，海鮮咖哩是『招牌』，如果沒有海鮮就煮蔬菜咖哩。媽媽過世後，我時常懷念這種美味，便試著煮給自己吃。後來又想，這麼美味的咖哩應該讓更多人嘗到，便興起了開咖哩店的念頭。」

酪梨小姐說：「可是，為什麼只賣兩種咖哩呢？如果菜色不多，客人很快就會吃膩了。」

阿宏不好意思的說：「因為我只會煮這兩道咖哩。老實說，我的廚藝並不好。」

酪梨小姐想了想說：「其實，如果好吃，只賣兩種咖哩也行。不過，你可以推出套餐，附上湯、沙拉、麵包、飲料跟甜點，這樣既可以吸引客人，也能多賺錢哪！」

阿宏說：「可是我只有一個人，如果賣太多東西根本忙不過來，要請員工的話又請不起。」

「也對。」酪梨小姐吃了一口咖哩飯，讚嘆：「好好吃喔！每次吃都是這樣的感覺，好幸福喔！」

「對啊，我每次吃媽媽做的咖哩飯就是這種感覺耶，所以才想開店跟大家分享幸福的咖哩。酪梨小姐，謝謝你。你的話對我是大大的鼓勵！」阿宏激動的說。

酪梨小姐被阿宏這樣盯著看，忍

不住臉紅了。

布利覺得很奇怪，酪梨小姐原本不是那麼會害羞的人，可是在阿宏面前卻特別容易臉紅。

過兩天，酪梨小姐問布利要不要去對面吃咖哩飯？

布利說：「這星期已經吃過兩次了。酪梨小姐，你真的吃不膩嗎？」

酪梨小姐說：「沒關係，你如果不想吃，我們自己做三明治也行。」

布利說：「可以的，我知道你愛吃阿宏煮的咖哩，我們去吃吧！」

那天，菜單上出現了甜點。

「哇！布丁跟鮮奶酪……好，我點一客布丁。」酪梨小姐說

布利說：「我要鮮奶酪。」

結果，甜點竟然是連包裝盒一起送上來。

「啊！原來你用超市買的布丁跟鮮奶酪呀！」酪梨小姐說：「這種甜點根本沒特色呀！」

「是嗎？」阿宏搔搔頭說：「我聽了你的建議，決定推出甜點，可是我根本不會做甜點，只好到超市買現成的。如果你們不喜歡這

個，可以幫你們換冰淇淋，不過，也是超市買的。」

「這樣不行啦！」酪梨小姐說。

「對！這樣不行。」布利也說：「我做的布丁跟鮮奶酪都比這個強。」

酪梨小姐說：「我來幫你設計甜點菜單，然後教你做，怎麼樣？」

「真的？」阿宏興奮的說：「酪梨小姐，謝謝你。我會好好拜你為師！」

酪梨小姐臉又紅了：「小事一樁，等學成再謝我吧！」

「沒錯、沒錯！」布利說：「你要感謝酪梨小姐，只要每天請她吃咖哩飯就行了。」

布利隨口一句玩笑話，卻讓酪梨小姐臉更紅了。

布利覺得她愈來愈奇怪，怎麼搞的，愈來愈容易害羞了？

更奇怪的是，那之後，酪梨小姐變得很愛照鏡子。以前她根本「沒空」在鏡子前站那麼久，可是現在她會一直照鏡子，然後問布利：「你說，我的鼻子是不是太塌？嘴唇是不是有點厚？眼睛也太小了？」

「才不呢！」布利說：「你的鼻子、嘴唇、眼睛，全都剛剛好。不過，酪梨小姐，你最近臉上長了一顆顆紅紅的東西，而且愈長愈多，是怎麼回事啊？你身體不舒服嗎？」

「那是青春痘啦！」酪梨小姐嘆口氣說：「當我有煩惱、壓力大時，就會猛長青春痘。」

「酪梨小姐最近有煩惱跟壓力呀？」布利驚訝的問：「難道是為了幫咖哩店設計甜點的事？」

酪梨小姐一聽臉紅了，急著說：「怎

麼會，別亂講！」

布利說：「也對，這種小事對你怎麼可能是壓力嘛！」

酪梨小姐沒說什麼，只是又嘆一口氣。

過兩天，布利跟酪梨小姐又去咖哩店吃午餐，順便帶了幾款甜點過去讓阿宏試吃。

進店裡一看，一個客人都沒有。難道，咖哩店真的快關門大吉啦！

布利看見阿宏時，嚇一大跳……

「阿宏，你怎麼全身紅紅腫腫的？臉、手臂、胸口……，到處都是紅斑。你被跳蚤大軍攻擊了嗎？」布利問。

「這是蕁麻疹啦！」阿宏說：「當我有煩惱、壓力大時，就會長蕁麻疹。」

「咦！你怎麼也有煩惱跟壓力？」布利好奇的問：「因為生意不好嗎？」

「可能吧！」阿宏嘆口氣說：「唉，原本客人就不多，剛剛進來兩位太太，一看見我全身紅腫，大概以為是什麼傳染病，二話不說就跑了。」

布利說：「別煩惱了。你看，酪梨小姐設計了好幾款甜點，讓你挑選呢！」

阿宏好像不敢正眼看酪梨小姐，臉紅紅的說謝謝；酪梨小姐也

低著頭遮上甜點盒子，似乎更不好意思看阿宏。

布利想：這兩個人怎麼回事啊？

有一天，店裡來了一位熟客胖太太。她問：「布利，最近你們『分享籃』裡的NG甜點變多了，是

不是你技術退步啦？」

布利搖搖頭說：「不是我啦，那些NG甜點都是酪梨小姐做的。她最近變得好奇怪，工作心不在焉，常常出錯，還有還有……」

布利趁著酪梨小姐不在，將她近來的奇怪行徑說給胖太太聽。

胖太太哈哈大笑，說：「布利呀，我猜酪梨小姐會變得怪怪的，是因為她在戀愛，喔，應該說是她跟咖哩店的阿宏彼此來電了，卻因為兩個人都個性害羞，不曉得如何表達心意才會這樣。」

「你的意思是，人戀愛時會長青春痘跟蕁麻疹嗎？好可怕喔，我才不要談戀愛呢！」

胖太太笑得更大聲：「布利呀，不是每個人談戀愛都會長青春痘跟蕁麻疹。大部分的人談戀愛時，都會容光煥發，男生變得愈來愈帥，女生愈來愈漂亮喔！不過，目前這兩個人的問題是彼此不敢表白，你要不要幫幫忙撮合他們呀？」

「如果可以治好酪梨小姐的青春痘，我當然願意！可是，該怎麼做呢？」

胖太太說：「你跟著酪梨小姐這麼久了，比我了解她，只要真心關心她，你一定能想出好辦法。」

布利點點頭說：「好！我會努力。」

第二天中午，布利主動提議：「酪梨小姐，我們去吃咖哩飯吧，我好想吃海鮮咖哩喔！」

酪梨小姐說：「咦，你不是前天才說吃膩了嗎？」

「前天是前天，今天是今天，不一樣啦！」布利說：「對了，你上次送去的甜點，阿宏還沒回覆要選用哪種，今天正好過去問他。」

酪梨小姐一聽臉紅了，說：「也許他不喜歡我做的甜點，又不好意思拒絕，所以才沒回覆。算了吧！」

「胡說、胡說，你做的甜點那麼好吃，配他的咖哩是絕配。如果他選用你的甜點做套餐，一定能吸引更多顧客上門。」

「布利，你真的這麼認為嗎？嗯，那我去問問看好了。謝謝你喔！」

怪的是，阿宏的店今天靜悄悄的，根本沒營業。原來他感冒了，蕁麻疹也變得更嚴重。

酪梨小姐擔心的說：「你一定沒吃東西吧？不如我幫你做午

餐，你先回床上休息。」

阿宏說：「常常麻煩你，真不好意思。」

布利說：「不麻煩、不麻煩，酪梨小姐廚藝很好，做的菜你一定會喜歡。」

酪梨小姐看看廚房，菜籃裡有洋蔥、蔬菜，冰箱裡有豆腐。她知道阿宏愛吃咖哩，便動手煮了一鍋豆腐咖哩和白飯，又請布利回店裡拿來幾樣甜點。

阿宏吃了酪梨小姐煮的豆腐咖哩，說：「好好吃喔！我從沒吃過這種口味的咖哩，雖然和我媽做的不一樣，但是一樣好吃。」

酪梨小姐臉紅了，說：「其實，我也愛吃咖哩飯。這是小時候媽媽不在家時，爸爸下廚煮給我吃的懷念口味。」

「酪梨小姐，你可以教我做這道豆腐咖哩嗎？我想將它列入菜單。」阿宏說。

「沒問題！」阿宏開心的說：「太好了，酪梨小姐，我真的好喜歡你喔，我是說，我好喜歡你……你……你做的豆腐咖哩！」他的全身發紅，癢得不停抓蕁麻疹。

布利說：「還有酪梨小姐做的甜點喔！」

阿宏說：「對了，說到甜點，你上回送來的甜點我都喜歡，很難決定要選用哪種，所以一直沒回覆你。」

「原來如此。」酪梨小姐露出微笑說：「那就全部用，我可以都教你。對了，乾脆每天推出一道『隱藏版』甜點，也許能成為吸引客人的賣點喔！」

「太好了，謝謝你。酪梨小姐，我真的好喜歡你喔，我是說，我好喜歡你……你……你做的甜點喔！」阿宏邊說邊抓蕁麻疹。

酪梨小姐也說：「我也很喜歡你啊！喔，我是說，我很喜歡你……你……你做的蔬菜咖哩，你也要教我喔！」

「沒問題！」

這兩個人紅著臉，害羞的看著眼前吃完的空盤子。

布利趁機送上熱茶和甜點。只見盤子上的幾款甜點，排成了一個愛心的形狀，兩個人看了更害羞了。

布利說：「我先回去開店，你們慢慢聊。酪梨小姐，你不用急著回來，我看店就夠了。」

他摀著嘴偷偷笑，離開了咖哩店。

布利想，這兩個害羞的人果真需要旁人推一把。

放心！只要有他布利在，一定會讓阿宏早日勇敢的向酪梨小姐說出「我愛你」！

作者說　勇敢跨出愛的第一步

「愛」是世界上最美好的事物，每個人都想得到愛。小時候，我們努力當個好孩子，想得到父母的稱讚；用功讀書，想得到老師的喜愛；討好同學，想獲得友誼。慢慢的我們長大了，終於了解，生而為人就是可「愛」的，每個人都值得被愛。而「愛」的第一步，就是要懂得愛自己，如此才能愛別人，而別人也才會愛你喔！

超馬童話作家　賴曉珍

出生於臺中市，大學在淡水讀書，住過蘇格蘭和紐西蘭，現在回到臺中專心當童書作家。寫作超過二十年，期許自己的作品質重於量，願大小朋友能從書中獲得勇氣和力量。

曾榮獲金鼎獎、開卷年度最佳童書獎（橋梁書）、九歌現代少兒文學獎，其他得獎記錄：九歌年度童話獎、國語日報牧笛獎、好書大家讀年度最佳少年兒童讀物獎等，已出版著作三十餘冊。

顏志豪

繪圖／許臺育

恐怖照片旅館：黑暗中跳舞的兔子小姐

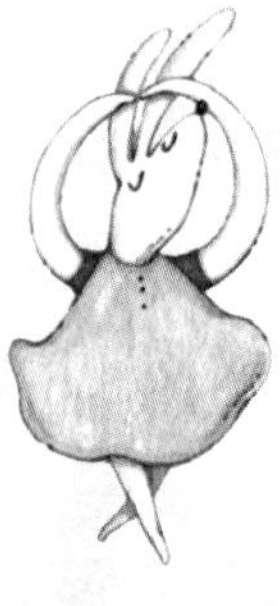

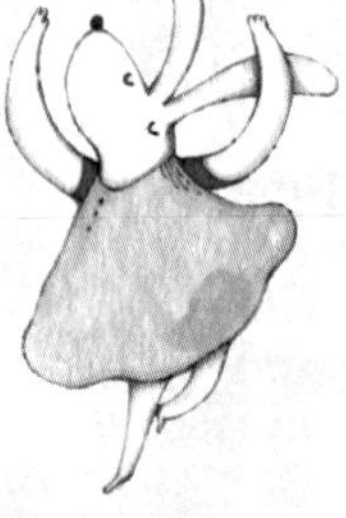

因緣巧合，我進入照片裡的恐怖照片旅館，認識了住在裡頭的兔子小姐。

沒錯，她就住在照片裡面。

要進去照片旅館可不容易，你必須得從照片中找到入口——那是一道小門，你平常絕對看不見的小門——才能進得去照片旅館。想從照片旅館回家，必須把找到入口的那張照片撕毀，才能回到現實世界。只是和那張照片有關的回憶，也會在剎那間消失得無影無蹤。

那些和恐怖照片旅館有關的照片，全都是一臺鬼相機拍的，所以我稱它們為鬼照片。

上次我家失火，鬼照片全部都被燒光。幸虧狐狸巫婆還保存了一張，讓我可以順利進入照片旅館。但是，兔子小姐竟然把最後唯一的鬼照片撕毀，我想她是為了讓我回到現實世界，否則我就必須永遠待在照片旅館裡。

鬼照片全數損毀，也代表我再也見不到兔子小姐……有段時間，我完全忘了她，直到最近，我又想起來了，而且總感覺，兔子小姐還待在某個地方……等著我去找她……

我的第一個念頭，就是去找狐狸巫婆。

狐狸巫婆的照相館依舊詭異，陰森森的石洞，總讓我不寒而慄；但也因為上次家裡失火，我曾經在這裡住過幾天，它不再那麼可怕了。

熟悉總是讓一切變得好一點，就像一開始，我也認為兔子小姐是個可怕的鬼，因為她住在照片裡。

「狐狸巫婆，求求你幫我尋找兔子小姐的下落好嗎？」

狐狸巫婆笑著：「你變了，以前都是迫不得已才想見她，現在怎麼著急起來了，你真的那麼想見到她嗎？」

「拜託。」

狐狸巫婆念起咒語，雙手在水晶球上頭繞著，她說：「很多東西失去之後就再也回不來了，看不見的東西或許才是美好的。」

「你的意思是兔子小姐死了？」

「對不起，水晶球告訴我的只有那麼多。」

我失望的離開狐狸巫婆的照相館，心情就像是個爛雨天，滴滴答答。

雖然兔子小姐一直希望我能留在照片旅館，陪伴在她身旁，卻從來不曾強迫我留下來，讓我回不了家。這是她對我的信任，我現在才察覺，想親口跟她說聲謝謝，卻已經來不及了。

沒想到當她消失以後，我才開始無窮無盡的想念，後悔每次都沒有好好和她相處。

搬到新家後，所有的東西都是嶄新的——媽媽的廚房變大了，全新的火爐和烤箱把她給樂壞了。

爸爸也一樣，他意外獲得一間全新的工作室，他可以盡情的在他的小世界裡，創造屬於自己的快樂。

妹妹也擁有她專屬的房間。不過她年紀還太小，依舊先睡在爸媽房間的搖籃裡。

而我的房間和以前差不了多少，一張全新的書桌、床、櫃子。

只是，新家讓我有點不習慣，因為爸媽把屋子轉向了。

爸媽一直覺得之前的房子冬冷夏熱，便乘機把屋子轉了個方向，這樣一來，冬天時，北風就吹不進屋內；夏天時，也不再飽受太陽直晒，熱得要死的問題。

總之，這次的火災，讓我們獲得一個全新的家，火災似乎變成了一種恩典，而不是災難。

但，對我來說可不是——因為這場火災，我失去了兔子小姐。

★

晚上十二點了，我卻一點睡意都沒有。

我躺在床上，望著天花板，仔細想想：我的新房間現在的位置，就是爸爸以前洗照片的暗房。

我就睡在以前的暗房裡，光這樣想就覺得很酷。

繼續想著：爸爸的暗房充斥著各式各樣洗照片的藥水，我現在彷彿可以聞到藥水刺鼻的味道。

暗房非常暗，就像現在一樣。

嘩啦嘩啦！

淅瀝淅瀝！

竟然下雨了，這場雨可真不小。

我急忙關上窗戶，免得雨水把房間弄濕了。

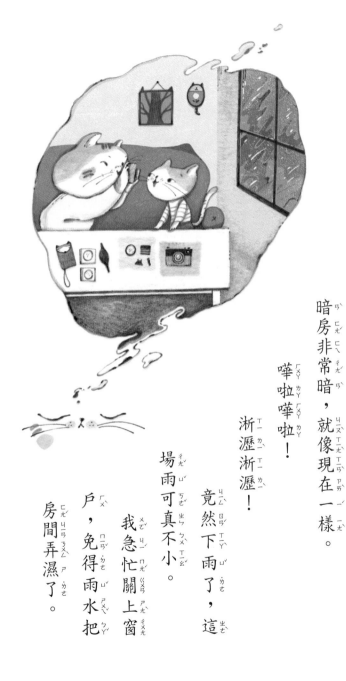

雨聲實在太大，我聽不到任何聲音，加上房間一片漆黑，這瞬間，我感覺自己被這個世界隔離了。

「爸爸，你為什麼喜歡拍照呢？」

「我喜歡用影像記錄我的生活，希望把所有的美好都留下來，所以照片是一種紀念、一種回憶。」

「爸爸，怎樣才拍出好照片呢？」

「只要有觸動你的景象，就是你按下快門的最佳時機，因為你可以把這個美好，永久保存。」

「這樣就好了嗎？」

「記住！不要猶豫，否則你將會錯過那最美好的一瞬。」

爸爸教導我的拍照技巧，突然一股腦浮現在我的腦海。

我貿然打開窗戶，外面的風雨實在瘋狂，閃電與雷聲交加，我趕快躲進棉被裡。

不知過了多久，我昏昏沉沉睡了過去。

突然，閃電照亮了黑夜。

兔子小姐竟然站在舞臺上，她就像一隻蝴蝶在群花間跳舞，炫耀自己的美麗。

閃電就像舞臺燈，只要舞臺燈一亮，她就會跳舞。

我在夜空中看著她跳舞，無論我怎麼呼喊，她就是聽不到我的聲音。

如果有照相機，我一定會拍下這美麗的時刻，但是我沒有。

不過，看著她跳舞時，總感到心裡有些哀傷……或許是因為我太思念她的關係？我想我喜歡上她了。

如果此刻能拍照就好了，我好想把這一刻美好記錄下來。

突然一陣光亮，幾乎灼傷我的眼睛，我不由得閉上雙眼。

一道雷霆萬鈞的雷，竟分毫不差的打在我的身上，高伏特的電壓幾乎讓我燒焦。

啊～～～好痛啊！

我痛醒了。

急促的呼吸聲，伴隨著滿身的汗水。

睜開眼睛，原來是夢。

外頭的風雨似乎沒有停下的意思，閃電一道接著一道。

其實，我根本不了解兔子小姐，我只知道她住在照片旅館裡。

如果有機會，我一定會好好聽聽她的故事。

雷聲不斷，閃電不停。

我再次想起爸爸的話：「拍完照片時，還不是結束的時候，需要把照片洗出來，你才可以停留欣賞。」

實在是太累了，我又闔上眼睛，沉沉睡去，之前與兔子小姐的

點點滴滴，像一張張底片，在我的腦海洗出一張張照片。那些回憶實在太棒了，我好想抱抱她，再次跟她見面。那些照片帶著我回憶一切。

當我睜開眼睛，我無法動彈，雖然我的意識清楚，但是我卻一動也不能動。

我就像是一張躺在床上的照片，可以聽得到聲音，卻睜不開眼睛，也無法挪動我的身體。

外頭的閃電一道加上一道，暴雨幾乎掩蓋所有的一切。

奇蹟發生了——

我竟然聽到兔子小姐的聲音，她說：「我跳舞的樣子美麗吧。」

「嗯，非常美麗。」

「謝謝你，你喜歡我嗎？」

「嗯，我很喜歡你。」

我有點害羞。

「你喜歡我跳舞的樣子，還是我？」

「我喜歡你快樂的樣子。」

「謝謝你。」

「你在哪裡？」

「我也不知道，鬼照片全部消失了，照片旅館也不見了，現在我活在黑暗裡，我也不知道這是哪裡。」

「你不要怕，我陪著你。」

「我好久沒跳舞了，真的覺得跳舞好開心，好久沒有享受這種感覺。」

「你為什麼不跳舞了？」

「我在一次的大賽中失敗了，之後再也沒有鎂光燈照著我，我發現我不會跳舞了。我真的很喜歡在鎂光燈下跳舞的感覺。」

「是，美呆了，我剛才有看見。」

「謝謝你。」

「你為什麼會住在照片旅館裡呢？」

「我遇見一臺鬼相機，只有它願意拍我跳舞的樣子，所以我總是忍不住在它的面前不停跳舞，直到有一天，我發現我被關在鬼相機裡，再也出不去了。」

「天哪！」

「後來你爸爸從古董店買了鬼相機，他用它拍著你們家庭的生活，我就這樣從原本黑漆漆的世界，轉移到你爸爸拍的照片中生活。你爸爸的照片竟然創造出一家奇妙的照片旅館，每張照片都是一間房間，我每天總是很期待又有什麼新房間長出來。」

「我真不敢相信……」

「剛開始我非常嫉妒你，擁有美好的生活，後來你竟然來到照片旅館……不過真正認識你之後，才發現你是個很善良的人，我不能自私的把你留下。」

「但照片旅館被燒毀了，你要一輩子活在黑暗中嗎？」

「沒關係，我可以跳舞。我現在才知道跳舞的快樂是不需要鎂光燈的，我為我自己跳，我可以一輩子在這裡跳舞。」

「別傻了，我會救你出去。」

突然，我聽到有人開門進來我的房間。

我一陣掙扎，睜開眼睛。

沒想到出現在我眼前的是——鬼相機。

「不好意思，好像嚇到你了。」

是爸爸，他竟然拿著鬼相機偷拍我睡覺的樣子。

「住手！」我大聲喝斥。

「我只是想紀念一下你在新家睡覺的樣子，真的很抱歉。」

「這臺照相機不是沒底片了嗎？」

「非常奇怪，那是唯一沒有被火災燒毀的東西，剛才一時興起，就拿它裝進相機拍照了。」

我起了一身的雞皮疙瘩，原來這是我終於想起兔子小姐的原因

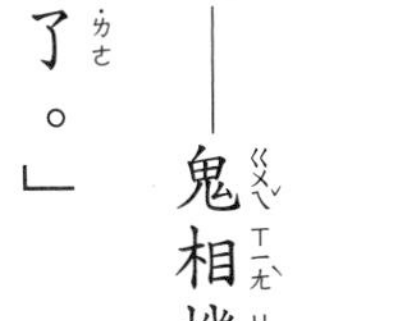

嗎？

只是，在我的堅持之下，說服爸爸把鬼相機埋在院子裡，而兔子小姐也不曾再出現了。

沒想到，當我意識到愛上兔子小姐，竟然是在跟她分離的時候。

我真的，真的，很想念她，也想親口跟她說：「我愛你。」

作者說

愛從傾聽和付出開始

吉米三世與兔子小姐在照片旅館相遇，他們分居在兩個不同的世界，因為照片旅館的關係，擁有了共同的回憶，卻因為時空所造成的影響，使他們之間有著各種困難與猜忌；不過，當他們雙方都願意為對方付出，並且傾聽對方時，他們得到了真正的愛。

超馬童話作家

顏志豪

臺東大學兒童文學博士，現專職創作。
拿起筆時，我是神，也是鬼。放下筆時，我是人，還是個手無寸鐵的孩子。
FB粉絲頁：顏志豪的童書好棒塞。

國家圖書館出版品預行編目（CIP）資料

超馬童話大冒險 . 7, 我愛你 / 王文華等著 ; 楊念蓁等繪 . -- 初版 . -- 新北市 : 字畝文化出版 : 遠足文化發行 , 2020.09
面； 公分
ISBN 978-986-5505-36-3（平裝）
863.596 109012691

XBTL0007
超馬童話大冒險 7 我愛你

作者｜王文華、王淑芬、亞平、劉思源、林世仁、王家珍、賴曉珍、顏志豪
繪者｜楊念蓁、蔡豫寧、李憶婷、尤淑瑜、陳昕、陳銘、許臺育

字畝文化創意有限公司
社　　長｜馮季眉
編　　輯｜戴鈺娟、陳心方、巫佳蓮
特約主編｜陳玫靜
封面設計｜許紘維
內頁設計｜張簡至真

讀書共和國出版集團
社長｜郭重興　發行人｜曾大福
業務平臺總經理｜李雪麗　業務平臺副總經理｜李復民
實體書店暨直營網路書店組｜林詩富、郭文弘、賴佩瑜、王文賓、周宥騰、范光杰
海外通路組｜張鑫峰、林裴瑤　特販組｜陳綺瑩、郭文龍
印務部｜江域平、黃禮賢、李孟儒

出　　版｜字畝文化創意有限公司
發　　行｜遠足文化事業股份有限公司
地　　址｜231 新北市新店區民權路 108-2 號 9 樓
電　　話｜(02)2218-1417
傳　　真｜(02)8667-1065
客服信箱｜service@bookrep.com.tw
網路書店｜www.bookrep.com.tw
團體訂購請洽業務部 (02)2218-1417 分機 1124

法律顧問｜華洋法律事務所　蘇文生律師
印　　製｜中原造像股份有限公司

2020年9月　初版一刷　2023年5月　初版五刷　定價：330元
ISBN 978-986-5505-36-3　書號：XBTL0007